Fushihara
&
Yoshioka
◆
「死神と心中屋」

死神と心中屋

渡海奈穂

キャラ文庫

この作品はフィクションです。
実在の人物・団体・事件などにはいっさい関係ありません。

目次

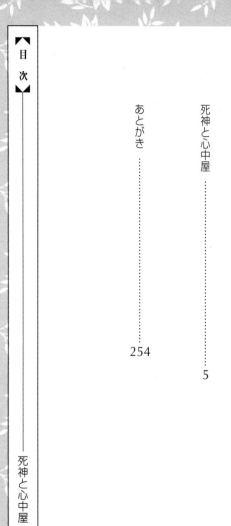

口絵・本文イラスト／兼守美行

プロローグ

「愛してる」

泣き笑いの顔で自分を女が見下ろしていた。

「だから、一緒にいきましょう」

横たわる自分の首にその指が絡む。

細い指できつく首を絞められ、息ができなくなる。

長い髪がノースリーブのワンピースを着た彼女の腕に絡み、汗で張りつき、先端が自分の顔にもかかる。それがちくちくと痛くて、こそばゆくて、思わず首を振ってしまった。

嫌なわけではなかったのに。苦しかったけれど、でも一緒に死ねるのなら、こんなに嬉《うれ》しいことはないと、心から思っていたのに。

「嬉しいよ。幸せなんだよ」

そう伝えたかったけれど、喉を締め上げられ呻《うめ》き声しか出ない。

何とか話したくて、首にかかる指に手をかけた時の、相手の絶望的な顔が忘れられない。

「どうして？」

そう問いかけたのが彼女だったのか自分だったのか、もう思い出せない。

——どうして、一緒に死んでくれないの？

◇◇◇

「……ッ」

苦しさに耐えかねて息を吸い込んだところで目が覚めた。

痛む喉を片手で押さえ、伏原真希《ふしはらまさき》は大きく胸と肩を上下させて荒い呼吸を繰り返した。まだ肌寒い季節だというのに汗だくだ。

目覚めの瞬間は毎度ながら最悪だった。

毎日毎日誰かしらに殺される夢を見て、でも結局、生きて目が覚める。

「あー……」

毎日毎日、また朝が来てしまったと落胆する。

別に、来なくていいのに。まあ、来たっていいけど。どっちでもいいし。

窓から射し込む光は淡く、まだ夜明け間もない時刻らしい。無駄に早起きしてしまった。薄暗がりの中、スプリングがへたって中の板が当たるくらい薄くなった安いソファの上に転がったまま、喉に触れていた手を天井に向けて伸ばす。目に入るのは不健康なくらい白い肌と、力仕事なんてまるで向いてなさそうな細い腕だけ。

夢の残滓《ざんし》をなぞるように指で宙を撫《な》でてから、伏原は溜息《ためいき》みたいに長い息を吐き出した。そのまま今度は手を床に落とし、辺りを探る。すぐにゆうべ寝る前に飲んでいたウィスキー入りのグラスが指に当たった。もぞもぞと半身を起こし、少しだけ残っていたそれを喉に流し込む。もう酒がなければ眠れないし、酒がないと起きられない。アル中一歩手前ではと自分でも思うが、寝酒の癖がどうにも抜けなかった。

「まあ、起《生》きちゃったものはどうしようもないし」

誰も聞く者のいない独り言を漏らしてから、伏原はしぶしぶとグラスを床に戻した。

「……しまった。今日、仕事入ってたんだった」

その途中で、不意に思い出してまた声を上げる。仕事がある日は酒を飲まないように気をつけているのに。

「シャワーでも浴びるか……」

汗でべとつく肌もどうにかしたい。伸ばしっぱなしの邪魔臭い髪を掻《か》き上げながら立ち上がる。

「――さて、今日こそ死ねるかな」

風呂場に向かって幽霊みたいにのろのろと足を踏み出しながら伏原の呟《つぶや》く声は、ほんの少しだけ弾んでいた。

1

長らく使う者のいない木製のドアは蝶番《ちょうつがい》もノブもひどく錆《さ》びついていて、軽く触れただけでも耳障りな濁った金属音を立てた。

伏原のドアを開ける仕種《しぐさ》がゆっくりしたものになったのは、慎重になったわけではなく、単に錆《さび》のせいで重かったからだ。

ギィ、と軋《きし》んだ音が明かりのない廊下に響く。ドアの向こうには、分厚い埃《ほこり》を被《かぶ》って元の色がわからないほどになった絨毯《じゅうたん》敷きの床が広がっている。シーリングライトはあるが電灯は点《つ》いていない。窓から射し込む夕日のおかげで部屋は薄暗い橙色《だいだいいろ》に染まっていた。壁際に据えられたキャビネットも本棚も執務机も立派な作りだったのに、すべてに埃が堆《うずたか》く積もり、空気は黴臭《かび》い。

「何だ、ここにいたのか」

その部屋の中心に立つ細長い人影を見て、伏原は呟いた。

地下室とサービスルームを除いても八部屋あるという馬鹿げて広いこの家を、一階から一室一室回って、最後に辿《たど》り着いたのがこの二階南端にある書斎だったのだが——目的のモノがやっとみつかった。

夕日の射し込む窓を背にして、それは辛うじて背の高い男だとわかる程度の輪郭しか持っていない。その足許《あしもと》から伸びる影はなく、男の形は赤黒い靄《もや》のようなものでできていた。

「迎えに来たよ。あんたが、露木《つゆき》さんだね？」

伏原の呼びかける声が、ねっとりとした夕日の色に浸った部屋の中で優しく響く。身につけているのは着古してクタクタになったモッズコートに同じく色褪《あ》せたデニムパンツ、やはり年季の入ったスニーカー。女性と見紛《みまご》うような容貌をしているのと、妙に乾いたような空気を纏《まと》っているおかげで、そんな金欠の大学生みたいな恰好《かっこう》なのに伏原の印象は誰が見てもただ「綺《き》麗《れい》な男」だった。

その伏原を、赤黒い影の男がじっと見ている。瞳も、本来なら白目に当たる部分も血のように赤い。喰《く》い入るように自分を見下ろす男の間近まで歩みを進め、伏原はその顔に片手を伸ばした。

「あんたがずっとここに居座ってると、困るんだってさ」

グウゥ、と獣の呻きのような音が男の方から響く。春間近、今日はそろそろコートを着込まなくても過ごせそうな陽気だったのに、息を吐けば白くなりそうなほど部屋の温度が急激に下がっている。

「酷《ひど》いよな、もともとあんたの家なんだろ。でも……」

もう片方の手も、男の顔――頬の辺りに触れる。ひやりと氷に触れた時のような冷感が伏原の掌《てのひら》に宿った。

視覚と、触覚と、両方で嫌というほどわかる。

この男がすでに人ではない、とっくのとうに死んだ人間であると。

「ずっとひとりでここにいるんじゃ、寂しいだろう?」

問いかけられ、男を象《かたど》る黒い靄が戸惑うように揺れた。伏原は男を見上げて微笑《ほほえ》む。

「露木さん。俺が、一緒に逝ってやろうか」

唆《そそのか》すような、甘やかな声で囁《ささや》きながら、伏原は男の背に両腕を回す。抱き締めようにも実体はない。だが目を閉じた伏原の全身を、凍りつきそうな冷気が包む。

まるで伏原を抱き返すように。

「いいよ。おいで」

瞼《まぶた》を閉じて、伏原が囁いた時。

ガツッと、ドアの方で何かがぶつかるような音がした。

(何だよ)

伏原は不快げに眉を顰《ひそ》めながらそちらを振り返った。

開け放ったままのドアの向こう、明かりのない暗い廊下から、さらに暗い影が現れる。

ぬるりと闇から這《は》い出るように現れたのは、ダークグレーのスーツを身につけた、紛う方なく生きた人間だ。

「おっと、失礼」

まったく『失礼』だなどと思ってもいないような調子で相手が言った時、伏原の体を包む冷気が消えた。

冷気ばかりではなく、目の前にいたはずの赤黒い影までも、跡形もなく消え去っていた。

「……またあんたか、吉岡《よしおか》」

闖入者《ちんにゅうしゃ》の姿をたしかめ、伏原は影に向けていた微笑を消すと、大きく溜息をつく。

「お邪魔だったかな。これから口説こうってところだっただろうに」

相手は笑い含みで言う。姿を見せたのは若い、伏原よりは少しばかり年上に見える男。

「邪魔だってわかってるなら、入ってくるなよ」

うんざりしたような口調で言ってやっても、吉岡は笑っているばかりだ。

この男のこういうところが、伏原は苦手だった。しかも着ている服はどうにも陰気な色でまるで葬儀屋と見紛うばかりなくせに、全体的にやたら煌煌《きらきら》しいところも苦手だ。長身でバランスのいい体を包むスーツは見るからにハイブランドのもの。服に反して明るい色の髪はちっとも乱れることなく、彫りが深い顔立ちは柔らかく甘い印象で、全体的に妙に典雅というか、貴公子然としている。三次元の人間に貴公子などという比喩を使うことがあるなんて、伏原は吉岡に出会うまで想像もしたことがなかった。

「せっかく見つけたのに、消えちゃったじゃないか」

「消しに来たんだろう、伏原君は。でも残念、僕も一目くらい見たかったな」

言葉ほど残念そうに思っていない様子で言いながら、吉岡が壁に据えられた本棚の前へと歩み寄っている。本棚はほとんど空で、一冊二冊、古びた冊子が取り残されたように倒れているだけだ。その本を一冊ずつ検分するように、黒い革手袋をつけた手で取り眺めたあと、吉岡はスーツが埃で汚れるのも構わず床に膝をつき、本棚の下も確認している。

「大したものは残ってないな」

机やキャビネットも片端から抽斗《ひきだし》を開け、また床に這い蹲《つくば》るようにあちこち確かめている。まるで吉岡がこの部屋の主だとでもいうような振る舞いに、毎度ながら伏原は呆《あき》れる。

「当たり前だろ。この家の主は消えたんだから」

吉岡が立ち上がり、すっかり埃で白くなったスーツを両手で叩《はた》いた。

「誰もがお手上げの幽霊屋敷って触れ込みの割には、あっさりしてたね。伏原君、いつものあれ、やらなかっただろ?」

いつものあれ、という吉岡の言葉には含みがある。伏原は部屋の窓から外を眺めた。窓ガラスもすっかり埃がこびりつき、ちょっとやそっと拭き掃除しただけでは取れそうにない。広い庭の芝も花壇も雑草にまみれている。あちこちに植わった白木蓮や牡丹《ぼたん》などの木々は手入れを放棄されて枝が伸び放題、あるいは立ち枯れて寒々しい姿を晒《さら》している。

幽霊屋敷、と吉岡は言った。まさにここはそう呼ぶのが相応《ふさわ》しい建物だ。

この家に住む者は三年も前に、全員亡くなっている。

「大した力もなかった。何かしら未練はあるようだったけど、もうただの残滓……影みたいなもので」

つい先刻、掌で触れた冷たさを思い出しながら伏原は呟いた。吉岡が首を捻《ひね》る。

「聞いた話といまいち噛《か》み合わないな。この屋敷の解体も拒むようなモノって説明されたんだけど」

伏原も同じだ。この露木邸の今の持ち主が建て替えのために取り壊そうと業者を呼んでも、毎度重機の故障だの、ここに来るまでに事故に遭っただの、何かしらのトラブルで工事がまったく進まない。これは祟《たた》りの類ではとお祓《はら》いを試みれば呼ばれた神主が祝詞《のりと》をあげる最中に突然倒れ、では寺はどうだと坊主を呼べば「どうしても屋敷に辿り着けない」と匙《さじ》を投げる始末。

で、呼ばれたのが伏原だ。

伏原はいわゆる、拝み屋、祓い屋のようなものをやっている。そんな肩書きで仕事をしているわけではなく、というかそもそも名刺がないから肩書きも何もなく、ついた二つ名は幽霊と『寝る』男。あるいは――『心中屋』。

どちらかといえば後者の方が通りがいいだろう。

「まあこの手の廃屋といえば、安易に幽霊屋敷って噂《うわさ》が立つものかな」

吉岡が叩いてもなかなか取れないらしい服の埃をあっちこっち払い続けながら言うと、伏原を見てにこりと笑った。

「それより、伏原君にひさびさに会えたのが嬉しいな」

「あんたの目当ては、ここの元主人の怨念でも籠もった遺品だろ」

吉岡は曰《いわ》く付きのものを趣味と実益を兼ねて集め、物好きな客に売りつけている『古物商』だ。髪が伸びる市松人形だの、夜になると啜《すす》り泣きが聞こえる花瓶だの、目玉の位置が日によって変わる肖像画だの、血の涙を流す石像だのの話を聞くと、日本中どころか世界中どこにでも飛んでいって手に入れようとする物好きな男だった。今吉岡がここにいるのも、そういう理由で間違いない。

「何でこう、あんたと現場がかち合うんだ？」

そして吉岡と伏原はしょっちゅうこういう『現場』で顔を合わせる。

「それは大抵の人が嫌がるような依頼を、僕や伏原君が率先して引き受けるからじゃないかな」

「別に率先はしてないけど」

「伏原君の依頼人は？」

答える筋合いはないので、伏原は吉岡の質問を無視した。

吉岡が気にせず話を続ける。

「ちなみにウチに依頼したのは、この屋敷の持ち主。前の持ち主の弟で、兄が死んでここを受け継いだのを、借金返済のために売り払おうとしたのに、幽霊屋敷の噂がついて回って買い手がつかないから、元凶になるようなモノがあれば引き取ってほしいってね」

古物商を本職としてはいるが、吉岡もまた拝み屋の類として依頼を受けることが多いらしい。霊障のある骨董品を買取のためにその場から持ち去り、結果として災いをその場から遠ざける形で、依頼人の希望を果たせるからだ。

「聞いてないから」

伏原は吉岡から顔を逸《そ》らしつつ、「だとしたら俺とは別口だな」と内心で思う。伏原に依頼してきたのは不動産の仲介業者だ。屋敷の持ち主とそれに売買の仲介を頼まれた業者と、双方がそれぞれ手配したのだろう。

「元の持ち主が消えちゃったにしろ、手ぶらで帰るわけにもいかないな」

吉岡は懲りもせず、キャビネットを持ち上げて壁に何かないか確かめたり、壁に掛かった時計を外して裏返したりと、部屋中を物色している。そんな吉岡の様子に伏原は慌てた。

「おい、そんなにひっくり返すなよ」

伏原の通り名が『心中屋』なら、吉岡のそれは『死神』なのだが、伏原に言わせればこいつは『墓荒らし』だ。ろくなもんじゃない。

「家具も何もかもどうせ全部処分するから、好きにしていいって言われてるんだよね。出来の良い兄貴の持ち物を残しておくのは嫌なんじゃないかな。亡くなった奥さんに横恋慕してたとかいう噂もあるし」

　伏原に非難されても、吉岡の方は気にする素振りもない。

「誰に聞いたんだよ、そんな噂話」

「ご近所でも有名だったらしいよ、露木さんちの放蕩《ほうとう》息子の弟の方。兄貴に嫉妬して逆恨みを募らせてたって」

　なるほどそれで、屋敷の中に妙な情念がこびりついていたのかと、伏原は納得する。さっき遭遇したのは、おそらく三年前に亡くなったという兄の方。曾《そう》祖父の代から住んでいたというこの家が、愚かな弟のせいで他人の手に渡ることに未練が残り、離れられずにいたのかもしれない。

「んー、大したものはなさそうだ。やっぱりここは『霊が住んでる』ってとこに一番の価値があったのかも」

　部屋の隅々まで見て回った吉岡が、残念そうに言う。

「ざまぁみろ」

「可愛《かわい》くないな」

　小声で言った伏原の言葉を聞き咎《とが》めたらしく、吉岡が芝居がかって心外そうな表情を作った。

「あんたに可愛いなんて思われなくて嬉しいよ」

　本心から伏原は言った。

「大体『幽霊が住んでる』せいで買い手がつかなかったんだろ。そんなものに価値を見出《みいだ》すのなんて、あんたくらいだ」

「浪漫《ロマン》を解さない人間が多い世の中だ、嘆かわしい」

やはり役者のような大袈裟《おおげさ》な仕種で首を振る。吉岡は気障《きざ》の塊みたいな男だ。それが妙に似合っているのに、伏原は何だか腹が立つ。

「他の部屋もひととおり見て来たけど、特にこれって感じのものはなかったんだよね。伏原君、さっきボヤーッとした霊っぽいものを祓ったんだろ?」

あの赤黒い影を「ボヤーッとした霊っぽいもの」だと思える吉岡が、伏原には少し羨ましい。吉岡にも怪異を視《み》る、聴く、感じる力はあるようなのだが、伏原よりもはるかに鈍感だ。といっても、伏原の方がむしろ敏感と言えるほどだったので、普通の人間には視えないものが視える時点で、吉岡も充分普通ではないのだが。

しかし吉岡の異常な点は、もっと別のところにある。

「俺が祓ったってわけじゃなくて、あんたにビビって勝手に消えたって感じだったけど」

吉岡は死霊に対して、異様に圧が強いのだ。見た目は優男のくせに、霊にとっては忌避したくなるような存在らしい。磁石の同極が反撥《はんぱつ》し合うように――いや、吉岡の方には何の影響もないのに、ただ、怪異だけが吉岡を嫌って逃げていく。力の弱い死霊なら、吉岡が近づくだけで消し飛んでしまうことすらある。

先刻の霊も、そうやって消えていった。

「でも、まだ……」

呟きながら、伏原は部屋の中を見回した。

吉岡のせいで伏原が仕事をする前にあの霊は消えたはずなのに、部屋の空気がどうにも冷ややかなままだ。

伏原の経験上、怪異が起こる場所は、外気温と関わりなく局地的に寒くなる。

「なるほど。まだいるなあ」

無意識に掌で反対の腕をさする伏原と同様に部屋を眺め回しながら、吉岡も頷《うなず》いた。吉岡にわかるほどなら、先刻の霊よりもさらに力の強い何かが、ここにまだ残っているということだ。

「この部屋ではないのかな？」

吉岡の言うとおり、部屋の中に寒さを除いてはっきりした異常は、伏原にも感じられない。ただ、『何か嫌な』感じがするだけだ。産毛が逆立つような、うなじがちくちくと針で刺されたみたいに痛むような。

「でも、ここに来る前もひととおり部屋は見て回ったぞ」

「僕もなんだけどね」

吉岡が、スーツの内側を探って、折り畳まれた紙を取り出した。執務机の上にそれを開くと、どうやらこの屋敷のものらしい間取り図が現れる。

「用意がいいな」

「伏原君ならこんなものなくても、妙なものがあれば気配でわかるだろうから、必要ないだろうけど。鈍いこっちには死活問題なんでね」

鈍い、と自分を指して言いながら、吉岡はまるで卑屈さを感じさせない笑みを浮かべている。この男には果たして劣等感とか悩みとか、自己嫌悪なんてものがあるのだろうかと訝《いぶか》りながら、伏原も吉岡の隣に並び、間取り図を覗《のぞ》き込んだ。

伏原が足で確かめた通り、この屋敷には地下室とサービスルームを除いて八部屋ある。すべての部屋を丹念に視て——勿論《もちろん》ただ目で見るだけではなく、人ならざるモノ、普通の人間には見えない何かがあるかどうかを霊視した——廊下やちょっとした物入れ、靴箱から掃除用具入れの中に至るまで調べたが、何ら異変は感じられなかったはずだ。

「ん？　ここって、十二畳もあったっけ？」

ふと、地図を見下ろしていた吉岡が呟いた。

「二階のここ、ほら、真ん中の部屋」

「ああ、空っぽだったところだろ、クリーム色の壁の……」

二階にある五部屋のうちのひとつだ。荷物は綺麗に片づけられ、埃以外に何もなかったので、伏原はドアの外から眺めただけで足を踏み入れずにいた。勿論、その部屋にも何ら違和感はなかった。やけに暗いなとは思ったが、この屋敷の電気はすでに止められているので暗いのは当然だ。

「そこまで広くはなかった気がするんだよね。左右を別の部屋に挟まれてるから窓もなくて、暗かったし、気のせいかもだけど——ん？」

言ってから、吉岡が自分自身の言葉に引っ掛かったというように、首を捻った。

「いやいや。窓がないはずがない」

「あ」

伏原も気づいた。両隣に部屋があるからそこに窓がないのは当たり前でも、庭に面した壁に窓がないのは、間取り図からしても不自然だ。

吉岡がすでに廊下に飛び出している。伏原もそれに続いて書斎から駆け出した。

「っと」

件《くだん》の部屋の前に到着した吉岡が、ドアノブに手をかけて妙な声を出した。ひどい静電気でも喰らったかのように顔を顰《しか》め、ドアノブに触れていた手を振っている。伏原も吉岡の横から手を伸ばしドアノブを掴《つか》んだ。ノブ自体が回らず、ドアを開くことができない。書斎に入る前に確かめた時は、何の苦もなく開け閉めできたはずなのに。

「気づかれたか……」

呟く伏原の肩を、吉岡がやんわり掴んだ。

「退《ど》いて」

伏原が振り返ると、吉岡が両側が平らになった大振りの金槌《かなづち》を手にしている。玄翁《げんのう》と呼ばれるような形のそれで、吉岡がドアノブを打った。

「どこから出したんだよ、っていうか乱暴だな！」

怪異によって閉ざされたドアなら、物理的に打撃を与えたところで、開くはずもない。が、吉岡が何度か力任せに玄翁を振り下ろしたら、ノブが壊れて床に落ちた。さらに吉岡がドアを蹴りつけると、蝶番から外れて部屋の内側に倒れる。

「いつもながら滅茶苦茶だな、あんた……」

「わあ、冷えっ冷え」

吉岡に続いて伏原が部屋に入るが、見たところ先刻確認した時と何ら変わりがなかった。相変わらず暗い。そして、空気がぐっと冷えている。

カチリと小さな音と共に、壁が明かりで照らされた。吉岡が玄翁に代わり、強力な光を放つペンライトを手にしている。まったく用意周到な男だ。

吉岡はドアの向かいの壁に何の躊躇《ちゅうちょ》もなく歩み寄り、コツコツと拳でそれを叩《たた》いた。妙に軽い音が上がる。吉岡がまた迷わず両手を使って玄翁をその壁に叩きつけると、呆気《あっけ》なく穴が開いた。

伏原を振り返って、吉岡がにっこりと笑った。

「はい、大当たり」

壊れた壁の穴の向こうから、形容しがたい臭気と冷気が漂っていた。

◇◇◇

壁の向こうに現れたのは、四畳か五畳ほどある、ベッドや机や本棚が並んだありふれた部屋だった。

「子供部屋かな?」

玄翁だけではなく、途中から潔い蹴りを使って壁を打ち壊した吉岡が、ペンライトで部屋の内部を照らしながら言う。

吉岡の言うとおり、机も露木の書斎とは違って『学習机』といった雰囲気のもので、整然と教科書や辞書、ノート類が立てられている。本棚にも学習図鑑や、天球儀、中高生辺りの好みそうな漫画やライトノベルが並んでいる。ベッドカバーも柄のないシンプルなタイプ。薄闇に紛れそうだったが、ベッド側の壁にはブレザーの制服がかけられているのが見えた。間違いなく学生の部屋だ。ブレザーの胸には高校の校章がつけられている。

「……ここも、窓がない……?」

ドアの向かい側の壁を見て、伏原は呟いた。間取り図からすれば庭に面しているはずの窓もまた、壁で塞がれている。

だからここは、何かを閉じ込めるための空間だ。

ありふれた部屋に見えるからこそ、窓もなくドアもないことが異様に感じられる。

そして書斎は家具だけを残してほとんどのものが処分されていたのに、この部屋にはまるでつい先刻まで誰かが暮らしていたかのように、そのまますべてが残されていることも、おかしい。

「まるでメアリー・セレスト号の都市伝説みたいだね」

吉岡が十九世紀の遺棄船の名を挙げる。伏原もぼんやりと同じ事件を頭に浮かべていた。乗組員の消えた船の中、まるでつい先刻まで彼らがそこにいたかのように残されていた温かい紅茶や火にかけられた鍋。この部屋の机の上にも、開いたままのノートと鉛筆があった。椅子も、たった今立ち上がってちょっと部屋の外に出たというような位置と角度で置かれている。

吉岡が机に近づき、開かれたノートを手に取り、パラパラとページをめくった。

「まっさらだ」

たしかに横罫の引かれたノートのページには何も書かれていない。表紙に「一年A組　露木和俊《かずとし》」とだけ記名されていた。

「ここの前の持ち主の息子だね、父親よりさらに二年くらい前に死んだっていう」

吉岡の声を聞きながら、伏原はもう一度壁にかかった制服を見た。袖を通したことがあるかもわからないほど皺《しわ》のない、真新しいブレザー。机の脇に置かれた学生鞄《かばん》も、机に並んだ教科書も、筆記具も、吉岡の手にしたノートも。

「息子は母親同様体が弱くて、ちょっとした風邪を拗《こじ》らせてあっという間に死んだっていうけど。高校に通うのをずいぶん楽しみにしてたんだろうなあ」

「……そんなに前に死んだのに、どうしてノートが黄ばんですらいないんだ？」

伏原は疑問を口にする。部屋に入った時から妙な感じがしていた。露木が死んで三年で書斎には埃が積もったのに、この部屋のものはまるで古びた感じがしない。

伏原が見遣《みや》ると、吉岡がいそいそとノートや教科書をひとまとめにしていた。

「五年経《た》っても劣化してないノートに制服。いいね」

それらをトンと机の上で揃《そろ》えた時、その音を掻き消すように、ドンと凄《すさ》まじい音が部屋の中に轟《とどろ》いた。四方の壁と天井と床と、すべてを一度に巨大な拳で殴りつけたような音。だが部屋のどこにも、何かがぶつかった形跡はない。

空だったはずのベッドにいつの間にか痩せ細った少年が横たわっているのをみつけたのは、伏原と吉岡と同時だった。

「……返して」

か細く、歪《ゆが》んだ声で少年が言う。

部屋の温度がさらに下がった気がする。伏原は全身が鳥肌立ち、ちりちりと痛むのを感じた。

「そうか……あの人はこれを閉じ込めておきたかったのか」

そして異様な部屋の造りに納得しながら呟く。露木が死んでなお屋敷に残っていた理由。先に死んだ息子がまだ部屋にいる。息子を怖れて部屋を封鎖したのか、それとも霊魂でもいいからずっとここにいて欲しいと願っていたのか。

何となく、伏原には後者であるような気がした。本来であればこの場に残れるほど強い霊体でもなかったのに、子供への想《おも》いが露木をここに留《とど》めた。それも吉岡という闖入者が現れ、儚《はかな》く吹き飛んでしまったが。

「それ置いていけよ、吉岡」

露木和俊は白目のない赤い瞳をじっと吉岡に向けている。父親よりもずっとその姿がはっきりしているのは、それだけ力が——未練が強くこの場に残っているということだ。

吉岡は和俊の視線を感じているだろうに、まったく意に介したふうもなく、ノートや教科書を手にしたままだ。

「こっちも商売なんでね。露木の弟《もちぬし》に許可は取ってるんだから、誰に咎められる謂《い》われもない」

「良心が咎めないのか」

「だってこれ、その子の未練の元だろ。むしろ引き離してあげた方が、こんなところにひとりぼっちで過ごすより、ずいぶんマシな気がするんだけど」

それはたしかに、吉岡の言う通りなのだろうと、伏原も思う。死んでなお、おそらく生きていた頃と同様ベッドから離れられずにいる和俊の姿は、憐《あわ》れだ。

それでも伏原は、吉岡の振る舞いに抵抗があった。

「墓場泥棒みたいなことをするなって言ってるんだよ」

「霊に教科書がめくれるわけでも、制服が着られるわけでもなし」

吉岡が、ベッドの上の和俊にちらりと視線を向けてから、今度は壁にかかった制服に手を伸ばした。ドン、とまた空気ごと部屋を震わせるような轟音《ごうおん》が轟くのに、まったく怯《ひる》む気配もない。

「せっかくこんなに未練を残してくれたんだ。この子が生きた証《あか》しとして、誰かに託してあげないと。でなけりゃ、この子が生きた意味もない」

「生きた意味、ね」

吉岡の言葉を口の中で繰り返し、伏原は微《かす》かに唇を歪めて笑った。

「どうせ百年後には俺だってあんただって死ぬ。物が残ってようが、それに何の意味があるんだって」

「うん？　なら僕がこれを持っていったって、何の問題もないだろ？」

「それは――」

ああ言えばこう言うを地で行く男だ。考え方も生き方も根底から何もかも自分とは違う。なのに吉岡がやたらと自分の目の前に現れるたび、伏原は何かと困惑させられる。

そしてそんな自分の揺らぎに、さらに戸惑ってしまう。

「その子が執着してるのは、多分この『高校に入ったら使うはずだった』ものだろ。で、その子が囚《とら》われているのは『病弱な自分が出られなかったこの部屋』自体だ。だからこの部屋からこれらを取り出してあげれば、無事成仏できる、と」

学生鞄に教科書やノートを詰め込み、制服と一緒に抱えた吉岡が、入ってきた壁の破れ目に向かう。ドン、ドン、と巨大なハンマーで部屋を叩くような音が絶え間なく続いている。机や本棚がガタガタと震え始めた。伏原は吉岡を睨《にら》む。

「ほら見ろ、めちゃくちゃ怒ってるじゃないか」

明らかな反撥だ。和俊が、自分の大事なものを盗み出そうとする吉岡に怒っている。

ベッドの中で、和俊の姿は人の形を失い、赤黒く色濃い靄状のモノになりつつある。こうやって、屋敷を取り壊そうとするもの——自分の領域を侵そうとする者を拒み続けていたのだろう。吉岡のように理不尽な強さで暴力的に乗り込んでくる輩《やから》が現れて、さぞ怯《おび》えているに違いない。

「伏原君、ぼんやりしてないで、行くよ」

吉岡が伏原の方に手を伸ばしていた。

「何で俺があんたと行かなきゃ——」

それを突っぱねようとした時、伏原の視界の端を何か大きなものが猛烈な勢いで通りすぎた。

「うわっと」

日頃腹の立つほど悠然とした態度を保っている吉岡が、珍しく慌てたような声を上げ、その場から真横に飛びすさった。次いで、ドンとまた大きな音。今度の音の出所は明白だ。穴のあったところに、壁際に据えられていたはずの本棚が張りついている。

「あっぶね」

さすがの吉岡も肝を冷やしたようだ。伏原も眉を顰めて本棚を見た。これでは外に出られない。

「閉じ込められた……」

「まあもう一回、これも叩き壊せば」

吉岡は早速、玄翁を取り出して構えようとしている。今度は机が床を滑るように弾《はじ》き出された。穴を塞ぐというより吉岡を狙う動きだった。吉岡は危なげなく机を避けたが、鞄と制服を抱えたままだ。

「いいからこっちに寄越せ！」

伏原は吉岡の腕から鞄と制服を毟《むし》り取った。ベッドに近づき、横たわる赤黒い影に、取り返したものを差し出す。

「これ、返すから。大事なものなのに、あのバカが取ろうとしてごめん」

「……」

和俊はじっと、赤い目で伏原のことを見上げている。

「でもその子だって、いつまでここに寝てるわけにもいかないよ、伏原君」

背後から吉岡の声がする。伏原は力一杯舌打ちした。盗《ぬす》っ人《と》猛々《たけだけ》しい以外の言葉がみつからない。だが――。

「……ここにひとりでいるのは寂しいだろ。お父さんももう、いっちゃったぞ」

悔しいが吉岡の言うことは間違っていない。父親と違って和俊の力は相当なものだ。放っておけば、この部屋を出ることもできず、通えるはずもない学校に憧れを抱いたまま、永遠にひとりぼっちだ。

「さみしい」

ぽつりと、歪んだ声で赤黒い影が言った。

「うん」

頷いて、伏原は鞄と制服をベッドに置くと、その隣に腰を下ろした。

「ひとりはいや」

「うん。だったら、俺がここにいてやるよ」

「伏原君」

咎めるような吉岡の声が聞こえるが、伏原は無視する。

和俊の赤い目が、喰い入るように伏原を見ていた。

「そっちに行っていい？」

伏原が手を伸ばすと、和俊がどこか怯えたように身動《みじろ》ぎ、ベッドの上で後退《あとずさ》った。

「童貞の中高生に、伏原君の色気はキツいんじゃないかなあ」

「うるさいな、ちょっと黙ってろよ」

吉岡もベッドに近づこうとしているようだが、そのたびに足許から轟音が響き、進むことを阻まれている。

「伏原君、他にやり方ってないの？」

「俺はこれしかわからない」

とはいえ和俊は、尻込みして壁の方へと身を捩《よじ》るばかりだ。どうも怯えているというより、羞じらっているような気配を感じて、伏原はつい苦笑した。

「十六歳？　十五歳？　十歳近く違うんだもんな、こんな年上にベタベタされんのは抵抗あるか」

「……」

ふるふると、和俊の影が首を振る。

それからためらいがちに布団から腕を出し、ベッドの上を指した。赤黒い靄から、少しずつ少年の輪郭が浮き出てきている。

「ん、鞄？　――制服？」

和俊の指は制服を示していた。和俊が小さく頷いた。

「ああ。着たいよな。着てみるか？」

イメージの問題だろう。和俊は生前身につけていたらしきシンプルなパジャマ姿だったが、強く思えば、制服を着た姿になれるかもしれない。

だが和俊は、伏原の問いに首を横に振った。

「え、じゃあ……」

そして何度も、和俊の指が伏原をさしている。

「ねえ、もしかして、伏原君に着てってことじゃない？」

「え⁉」

ぎょっとして、伏原はベッドに置かれたブレザーを見下ろす。伏原の高校は学生服だったが、とにかく制服を着ていたのなんて、五年も前の話なのに。

「え、マジで俺が着る感じ……？」

「その子の夢、ただ高校に通うってだけじゃなくて、学校で友達を作るとか恋人を作るとか、そんな感じだったのかもね」

動揺する伏原に、吉岡が言う。

和俊はひたすら伏原を見ている。

「まいったな、俺今年で二十四にもなるのに……」

しかしそれがリクエストなら、仕方がない。霊を浄化させるには、未練を断ち切り、願いを叶《かな》えて満足させてやるのが一番簡単な方法だ。

伏原は一度溜息をつくと、とりあえずモッズコートを脱いだ。丸めてベッドの端に置く。次いでカットソーを脱いだところで、こちらを見ている吉岡と目が合った。

「何見てるんだよ」

「いや見るでしょう」

吉岡は悪怯《わるび》れもせず、何を当たり前のことをと言いたげな口調すら作っている。

「エッチな伏原君の姿を見逃すのは、僕としてはありえない。許されるなら動画に収めて」

「誰が許すかよ、気持ち悪いなあもう！」

堂々と言い放つ吉岡に伏原が声を荒らげるのと、本棚が床に倒れるのが同時だった。伏原は本棚を見て、和俊を見て、それから吉岡に視線を向ける。

「——あんたは出て行けってさ」

「開いたなら伏原君も出ようよ」

軽い口調に反してどこか真面目な顔になっている吉岡を見ながら、伏原は緩く笑った。

「出られないだろ、これじゃ」

伏原の腕と胴に、和俊の影から伸びた触手のようなものが巻き付いている。直後、吉岡が手にしたままの玄翁を振り上げ、同時に和俊の触手が今度は吉岡の腹の辺りに伸びる。

伏原がどちらを止める暇もなく、和俊の触手は吉岡の体を弾き飛ばした。声もなく吉岡が壁の穴から外へと放り出され、倒れていたはずの本棚が、再び穴を塞ぐように立つ。

吉岡が穴の向こうから何か声を上げているようだが、部屋の中にはろくに届かなかった。なるほどこれほどの力があれば、ここが幽霊屋敷と言われるのも仕方がないのだろう。

このままだと和俊は外部からの人間を拒み続け、永遠にひとりでここに居続けることになる。

「……そんなの、寂しすぎるよな」

伏原は腹を決め、和俊に笑いかけると、思い切って立ち上がった。するりと和俊の触手が引っ込んだので、さっさと高校の制服に着替える。ネクタイだけ締めたこともないのでやり方がわからず、首にひっかけるだけになってしまったが。

「これでいい？」

両腕を広げて見せてやると、和俊はどこか嬉しそうにしている。その喜びがダイレクトに自分の中へと入り込むのが伏原にはわかった。相手の気持ちがこちらを向いている。この世に留まる霊が必ず持つ恨みや妬みや悪心ではなく、ただ純粋な喜びと——新しい執着。

それに引っ張られるように、伏原は和俊の方へと片手を伸ばした。すぐに、和俊が伏原の手に触れる。

和俊の姿は先刻よりもさらに人に近づき、きっと生きていた頃と変わらない、儚げだが端整な顔立ちの少年のものになっていく。

「高校に通えてたら、きっとモテてただろうになあ」

どことはなし照れたように首を振る和俊と手を繋《つな》ぐ。和俊に引っ張られ、伏原はその隣へと横たわった。自分から腕を回して和俊の背中を抱き締める。氷よりも冷たいその体を、ぎゅっと強く抱き締めてやる。和俊も同じ強さで伏原を抱き返した。十五、六歳で死んだ少年は、きっと誰かとこうやって抱き合う経験もないままだっただろう。

「……俺が、一緒に逝ってあげるから」

和俊の頬に掌を当て、瞳を覗き込む。赤黒い影から蒼白《あおじろ》い肌、少し透けているところに目を瞑《つむ》れば生きた人間とほとんど変わりのないその顔の中で、瞳だけまだ赤いままだ。瞳には光がなく、宇宙のような、奈落のような深淵《しんえん》に続いている。死んだ人間の魂はみんな同じ目をしている。

何を教えなくても、和俊はすべてを承知したように、左腕を動かし伏原の胸の上に掌を置いた。

ずぶりと、和俊の手が伏原の胸の中に潜る。

皮膚が裂けることも肉が穿《うが》たれることもなく、まるで沼に沈み込むように伏原の体は氷よりも冷たく固い手を受け入れる。

「……ん、う……」

血も流れず、痛みもないが、ただ苦しい。体の奥の奥から全身を圧迫されるようで、うまく息ができない。体が勝手にがくがくと小刻みに震える。開けていられずきつく瞑った瞼の端から涙が零《こぼ》れる。

苦しくて、苦しくて、苦しくて——でも、脳が痺《しび》れるように気持ちいい。

(ああ、やっと、俺もこれで)

薄く瞼を開くと、涙の向こうで、喰い入るように自分をみつめる赤い瞳がある。

「うん、いいよ……」

愛《いと》しさで胸が一杯になって、伏原は和俊の体を震える腕でもう一度抱き締めた。

(俺もやっと、ひとりじゃない)

◇◇◇

瞼を透かすように差し込んでくる光が眩《まぶ》しくて、伏原は目を閉じたまま顔を顰めた。

そしてその明るさに落胆する。

「……何だ……」

気が進まないながら瞼を開くと、開け放った窓の向こうに朝日のような光があった。

全身が怠《だる》くて動く気が起きないが、鼻腔《びこう》を掠《かす》る煙の匂いにつられるように、伏原は窓の反対側へと首を巡らせる。

仏頂面で煙草《タバコ》を咥《くわ》え、ベッドに足を組んで腰掛ける吉岡の姿が視界に入った。

「――ああ。おはよう？」

吉岡はすぐに伏原が目を覚ましたことに気づき、にこりともしない顔で見下ろしてくる。

「やっとお目覚めですか、お姫さま」

「うわ、気持ち悪い」

台詞《せりふ》がというよりも、その台詞に違和感のない吉岡が気持ち悪くて吉原はついそう漏らす。

吉岡が、咥え煙草で頭を抱え、盛大に溜息を吐き出した。

「開口一番、これだもんなあ。僕がどれだけ心配したと思ってるんだか」

「いや頼んでないし……」

もう一度辺りに首を巡らせると、どうやらここはまだ和俊の部屋らしい。

眠る前とは随分様相が変わって、ベッドのカバーも枕も変色してどうにも黴臭く、床には足跡がくっきりわかるほど埃が積もっている。窓が見えるのはおそらく吉岡がそこに貼りつけてあった板を叩き壊したかららしい。

屋敷の外側から塞いでいた板も壊され、よく見るとガラスも全部砕けていた。

入ってきた側の壁からは本棚が退かされ、というか倒され、中の本や天球儀が床に散らばっている。その本棚も学習机も黒黴がこびりつき、金属は錆びて、部屋全体が廃墟《はいきょ》の一室としかいいようのない風情になっていた。

「……そうか……あの子が消えたからか」

露木が意図したのかどうかは与《あずか》り知らぬところだが、この部屋にはある種の結界のようなものが働いて、和俊ごと時間も閉じ込められていたようだった。

それらが全部消えて、崩れて、今は誰も住む者がいなくなってから五年が経ち朽ちた部屋になっている。

伏原が自分の姿を見下ろしてみると、制服のシャツは黄ばんであちこち破れ、ブレザーの紺サージも折り目の辺りから薄灰色に変色していた。

「また死に損なったか、俺は」

「心中屋の名前、返上したら？　一度も成功したためしがないじゃない」

言う吉岡の口調はいつもよりどこか素っ気ない。せっかく五年経っても新品同様の制服だとかノートだとかの逸品が手に入るはずだったのに、当てが外れて不機嫌なのかもしれない。

「別に俺が名乗り始めたわけじゃない。周りが勝手にそう呼ぶだけで」

伏原にとっては、全然嬉しい通り名ではない。

この世に残る死人の魂の未練は、大抵『人』だ。恋人、家族、友人、恩師、仇《かたき》、逆恨み、誰かしらに自分の心をわかってほしくて、わからせてやりたくて、なのにそれが叶わず天に上がれずにいる。そのうち霊は生きていた頃の記憶を失《な》くし、ただ『あの人のそばにいたい』『あいつを痛い目に遭わせたい』という執着ばかりが残り、さらに時が経てば『誰かにそばにいてほしい』『誰かを殺したい』『ただひとりでいるのは寂しい』と、相手を問わないようになる。だから伏原は、そういう霊と一緒に死のうと持ちかけて『心中』を図るのだ。

そしていつも相手ばかりが欲を満たされ成仏し、伏原はひとりで目を覚ます。

また駄目だったかと、ひどい落胆と共に。

「いつも失敗して、死に損なって、ひとりで目が覚めるとか。心中って言葉に失礼だ」

本音を口にしたら、「うわぁ」とでも言いたげな、嫌なものを見たような顔で吉岡が伏原を見た。

「何だよ？」

「いや、何だよも何も……」

吉岡は項垂《うなだ》れ、深く深く息を吐いている。伏原はやけに気まずい心地になった。いつもへらへらしているこの男が、こっちの『仕事』の後にはこうしてどことなく不機嫌な空気を纏うのが、やり辛《づら》くて仕方がない。

しばらくその恰好のまま煙草を吹かしていた吉岡が、短くなった煙草を携帯用灰皿に放り込み、ベッドから腰を浮かせた。

「まあ、いいか。——伏原君、食事でもしていく？　あれから十二時間くらい経ってるし、腹減ったでしょ」

「いい」

咄嗟《とっさ》に撥《は》ね付けるような返事が口を衝《つ》いて出たのは、単に吉岡に対する癖のようなものだ。あまりに突慳貪《つっけんどん》だったかと悔やむ間もなく、吉岡が笑った。

「本当、つれないなあ」

いつものように吉岡が笑う。それでなぜなのか、伏原はほんの少しだけほっとした。

2

露木《つゆき》邸から戻ったあと、特に他の仕事の声が掛かることもないようなので、伏原《ふしはら》はひたすら日々を怠惰に過ごした。

除霊の依頼はそうそう頻繁に来るものでもない。伏原がまともな拝み屋であれば、除霊なんかだけではなく、先祖供養とか健康祈願とか地鎮祭とかで、あれこれ糊口《ここう》を凌《しの》ぐための手段はあるのだろうが。

（拝んだことないもんな、そもそも）

自発的に営業をかけるような覇気もなく、暇すぎるのでパチンコにでも行こうかと、だらだら道を歩く。賭け事をやったところでろくに当たることもないのだが、小さい玉が手許から弾き出されては虚無に吸い込まれていく様をひたすら眺めているのが好きだった。秒ごとになけなしの金をドブに捨てるような後ろめたさも気持ちいい。

（そろそろ露木の件の金が振り込まれるかな……）

モッズコートのポケットに突っ込んだ紙幣と小銭が、今月最後の生活費だ。だが報酬さえ入れば当分は楽に暮らせる。伏原のところに来る依頼は厄介なものが多く、その分報酬は破格であることが多い。誰もが匙を投げたような案件が最後に転がり込むところだから、依頼人も背に腹は代えられないという感じで解決を懇願してくる。露木邸に関しても、伏原が吹っかけるまでもなく先方からかなりの額を提示してきた。伏原自身は金勘定に興味がなく、たとえ格安だろうと請われれば受けるだけなのだが。

今日はもう有り金全部突っ込んでやろうかな、とポケットの中の小銭を手で弄《もてあそ》びながらパチンコ屋へ続く道を歩いていた伏原は、不意に、視界に飛びこんできた人影を見て息を飲んだ。

「——」

目の前のスーパーマーケットから出てきた女性。小さな子の手を引いた若い母親。

その長い黒髪を見て足が竦《すく》む。

(……違う……)

白い肌、ほっそりとした体つき。子供を見下ろし微笑む顔。

(……あの人じゃない。ここに、いるわけがない)

母親は立ち竦む伏原に気づいて不審そうな表情になり、心持ち子供を自分の方へと引き寄せるようにしながら、横をすれ違っていった。

「……」

母子が自分から遠ざかっていった後も、伏原はしばらく、ただその場に立ち尽くしていた。

◇◇◇

パチンコに行く代わりに全財産を酒に替えてそのまま帰った。

それからひたすらソファに転がり、酒を呷《あお》るうちに、眠ってしまったらしい。

また嫌な夢を見て汗だくで目を覚まし、すかさず寝起きの酒を喉に流し込んでいたら、玄関の方で鍵の開く音がした。少しして伏原のいる部屋のドアも開く。

「うわ、酒臭っ！　……って伏原さん、また飲んでるんですか？」

うんざりした声音で言うのは、三十代ほどの女性だった。月に数度、清掃やその他雑用のために通ってもらっている事務員だ。

事務員と言っても、事務所の看板を掲げているわけではない。ただ学生時代から住んでいた六畳一間のボロアパートに依頼人を招き入れるのも何かと思い、これを本業とすることを決めた時に、仕方なく事務所利用可のマンションを借りて客対応などはここですることにした。古くて駅から遠いし日当たりも悪く、賃料が安いことだけが取り柄のボロマンションだが、妙に居心地がよく、結局アパートは引き払いここに棲《す》み着いている。それから三年経ったが未《いま》だに生活エリアと仕事エリアの区別がなく、伏原はソファで寝起きし続けていた。

「これ、郵便物くらいたまには自分で取ってください、下のポストから溢《あふ》れてましたよ」

そう言って、ソファに転がる伏原に女性が押しつけてきたのは、DMの束と家賃の督促状だった。

「あー……そういや、振り込み忘れた……」

「だから引き落としの手続きした方がいいですよって何度も言ってるじゃないですか。ああ、また酒瓶こんなに散らかして……床に染みてるし……」

女性は呆れたように首を振ってから、のろのろとソファに身を起こす伏原を見下ろした。

「あの、すみませんけど私、今回限りにしてもらえませんか。割のいい仕事だと思ってたんですけど、伏原さんについていけないです」

「いや、ついてこなくても、掃除とかメールチェックとか書類整理とかだけしてくれればいいんだけど。ああ、給料が足りないならもう少し上げても」

「伏原さん、『心中屋』って言うんですってね」

仕事のマッチングアプリで探した事務員は、もう限界だと言わんばかりの形相で伏原を見下ろしている。伏原の仕事は『占いコンサルタント』、たまに霊視をしたり、心霊相談にも乗っている——などと適当に説明してあったが、金払いがよければ何でも構わないと言ってくれていたはずなのに。

「心中ばっかり繰り返して自分だけ生き残るとか、保険金詐欺か何かじゃないですか。こちらの業務内容は問わないとは言いましたけど、犯罪の片棒を担がされるのは困ります」

「いや、詐欺の類ではないんだけど……」

どこでどういう噂を聞いたのか、どうも彼女は伏原の『心中屋』の名前について誤解している。しかし実際のところを説明すればするほど、余計に胡散臭《うさんくさ》がられそうだ。

「とにかくもう、別の人を頼んでください。犯罪絡みは規約違反ですし、運営会社に連絡済みですから、他の人とのマッチングも難しいと思いますけど」

女性は事務所の鍵も伏原に押しつけ、「お世話になりました！」と叩きつけるように言って、去って行ってしまった。

「ええ……めんどくさ……」

伏原は再びソファに横たわった。日常生活に関わるすべてが面倒で、人を雇えばいいと閃《ひらめ》いてからこの三ヵ月は億劫《おっくう》な掃除もゴミ捨ても食料の買い出しもすべて彼女がやってくれたから、かなり楽になっていたのに。また一からアプリで人を探して、と考えるだけで気が重い。

何のやる気も出ずにソファでうだうだしていたら、再び玄関のドアが開く音がした。てっきり彼女が戻ってきてくれたのかと期待したのに。

「うわ、酒臭っ！」

同じような台詞を口にしながら今度部屋に入り込んできたのは、吉岡《よしおか》だった。今日は暗い色のスーツではなく、白いシャツにグレーのカーディガンを引っかけ、下は黒い細身のパンツと、カジュアルだがシンプルで上品な格好をしている。

身を起こしかけていた伏原は、吉岡の姿を確認すると、ソファに逆戻りした。

「おい……何勝手に上がってんだ……」

「玄関の鍵開いてたよ、不用心だな」

「普通は鍵が開いてようが、まずチャイムを鳴らすんだよ」

「チャイムも壊れてたし」

何もかもが嫌になって、伏原はぐったりと目を閉じた。

「……で、何の用？」

「そうそう、先日の露木邸のことなんだけどね。持ち主である弟の方も、昨日死んじゃいましたというおしらせを」

「――」

さすがに驚いたが、吉岡の期待通りの反応をしてやるのも癪《しゃく》だったので、伏原はただ「あっそう」とだけ小声で応えた。

「というわけで、報酬の後払い分はなし。今回は露木弟氏の借金が嵩《かさ》んでて、あの屋敷を売却した分で相殺するみたいだし、前金以外でこっちの取り分はゼロとなりましたとさ」

「それはあんたの話だろ。俺は不動産屋からの依頼だから関係ない――」

「大元の依頼人は弟氏だよ、仲介業者はそっちも単なる仲介。多分契約書にも書いてあるんじゃない？」

吉岡が事務机の上に積もった紙ゴミの山に手を突っ込み、そこから書類を一枚取り出して、伏原の目の前でひらひらと振った。露木邸に関する契約書だ。

「ほら、ここ」

「……あんた……！」

ソファの上で、伏原は頭を抱える。

どうりで、個人に較《くら》べれば出し渋られることが多い企業からの依頼で、提示された報酬が破格だったはずだ。

「またか！　本当、あんたと現場が被るとろくなことがない！」

吉岡の二つ名が『死神』なのは、別にいつも黒っぽい服を着ているからでも、霊にすら嫌がられるような男だからでもない。

吉岡が関わると、とにかく、人が死ぬのだ。

心霊絡みのトラブルであれば、事故で人が死ぬこともまあ、珍しくはない。そもそも障りがあるから霊障なわけで、しかも吉岡は普通の拝み屋だの霊媒師だのが嫌がる危険な場所にも、自ら進んで出張るタイプだ。

だがそれにしたって頻繁すぎるし、こうして伏原が不利益を被ることもあるから、本当にこの男には関わりたくないと、常日頃思っているのに。

吉岡自身は異常とも言えるほどの頑強な肉体と精神に加えて理解の範囲を超えた強運を持っているようで、凄惨な霊障の事件現場で他の霊能者が死に目を見たり神経をやられて再起不能になることがあろうが、彼だけは常に傷ひとつなくぴんぴんしているのも、何だか薄気味悪かった。

（……人のこと言えないとはいえ）

「別に僕が原因ってわけでもないよ、弟氏は放蕩生活が長くて、すっかり肝臓をやられてたらしいし——伏原君も」

吉岡がソファに片手をつき、伏原に覆い被さるようにして、ぐっと顔を近づけてくる。避けたかったが、ソファに仰向けになっているせいで後退りもできず、伏原はただ間近で相手を睨んだ。

「お酒はほどほどに。昼日中からこんなにアルコールの匂いぷんぷんさせちゃって、不健全極まりない」

伏原の肝臓の上辺りに指を当て、唇ぎりぎりまで鼻を近づけて、吉岡が言う。突き飛ばしてやろうかと思ったが、事故のふりで唇をくっつけられても厄介だし、何より面倒臭くて、伏原は結局放っておいた。

吉岡はそんな伏原に少しつまらなそうな顔をすると、身を起こす。

「だからさ、前々から言ってるけど、僕の仕事手伝ってよ」

曰く付きの品物を集めるのを手伝ってほしい。そう言って吉岡は、以前からたびたび伏原を自分の仕事に引っ張り込もうとしてくる。

「伏原君がいてくれれば、危ない場所も早い段階でそうとわかるし。この仕事結構儲《もう》かるんだよ、一枚噛んでくれれば、伏原君もこういうものに苦しめられずに済むし」

　吉岡の指には、いつの間にか家賃の督促状が摘まれていた。伏原はようやく身を起こし、毟り取るように吉岡の手からそれを奪う。

「嫌に決まってんだろ」

「何でさ。墓荒らしの戦利品を売っ払うのが気に入らないから？」

「俺があんたを気に入らないから」

「本当、何でかなあ。僕は伏原君のこと、こんなに大好きなのに……」

　心外そうに言いながら、図々しく吉岡が伏原の隣に腰を下ろし、体重をかけて寄りかかってくる。

「こういうところだよ、鬱陶しい！」

「死人なんかと寝たって、冷たいし寂しいばかりだろ。生きてる人間同士で仲よくしようよ」

　吉岡の方が背が高いし体格がいい。というよりも伏原の方が細身過ぎるので、相手を押し遣ろうと両手を突っ張っているのに、吉岡はびくともしなかった。

　仕事を共にしよう……ということばかりではなく、どういうつもりなのか、吉岡は顔を合わせれば伏原を口説いてくる。いい家で生まれ育ったらしく物腰は上品で、見た目はこれで、稼ぎも相当らしいから、こんな胡散臭い商売の割に吉岡は各所でモテているらしい。依頼人自身やその妻や娘などに言い寄られることも多いのに、ストイックに断る様がまた素敵などという評判を耳にしては、伏原は首を捻ってしまう。

こっちに言い寄る時は、こんなにしつこくて鬱陶しくて邪魔臭いのに。

「呪具だの曰く付きのものだのに欲情するような変態と寝るのは御免だ」

ただ商売のためだけでなく、吉岡自身が曰く付きのものに執着するタイプの男なのだ。むしろ、それが昂《こう》じて商売を始めたと言う方が正しいのかもしれない。幼稚園の頃から名門校に通い、就職先も名の通った商社だったのに、それを捨ててまでこの道に入ったというのだから。

「生きてる人間じゃ勃《た》たない？」

伏原の頭に手を伸ばして、吉岡が訊《たず》ねてくる。

「いい加減殴るぞ」

その手を押し退《の》けようとしても吉岡は気にせず、伏原の髪を撫でてくる。

「髪伸びたね。このくらいのも色っぽくていいけど、邪魔じゃない？」

「邪魔」

髪ではなく、邪魔なのはあんただと言外に言ってみても、吉岡にはまるで通じてくれない。いや、通じているのに無視されているのか。

「切ればいいのに。梳《す》かしたり洗ったり乾かしたりするのも億劫だろ、君の性格上」

「人に頭いじられるの嫌いなんだよ」

強めに腕を手の甲で払うと、吉岡が肩を竦め、ようやく手を離してくれた。

「しかしこの部屋、また散らかってるな。片づけてくれる人を雇ったんじゃなかったっけ？　ちょっと前まで、そこそこ綺麗になってたのに」

「逃げられた」

「伏原君、仕事の時以外は、人としててんで駄目だなー」

「うるさいなあ」

なぜこの男にお説教をかまされなければならないのかと理不尽さを感じながら、伏原は相手が立ち上がったのをいいことに、再びソファに横たわった。

招かれざる客をもてなしてやる義理もなく、伏原がそのままうとうとしているうち、吉岡が部屋の惨状を見かねたのか勝手に掃除を始めている。伏原が飲みっぱなしのグラスや酒瓶を片づけ、必要な書類と雑紙をより分け、丁寧に机の上を拭いたりする様子は、てきぱきと手際がいい。

（……あの人とは大違いだ）

うとうとしながら、伏原はそんなことを考える。

鬱陶しい吉岡とあの人を並べて較べてしまうのは、外で似た人とすれ違ったせいかもしれない。未だに、長い髪の女性を街で見かけるたびに体が竦む。

（吉岡なんかと較べるなんて……）

微睡《まどろ》んでいるうち、玄関の方でドアを叩く音がした。そういえばチャイムが壊れているのだったか。

「すみませーん、伏原さん、宅配便でーす！」

「はーい」

吉岡が、宅配業者の対応までしてくれている。ご苦労様でーす。あれ、新しい事務の方ですか？　いや、家主の友達で……そんなやり取りが、夢うつつの伏原の耳にまで届いた。

（誰が友達だよ……）

荷物を受け取ればそれで終わりのはずなのに、吉岡はなぜかまだ長々と宅配業者とやり取りをしている。単なる世間話の応酬。なぜ赤の他人とわざわざそんなコミュニケーションを取らなくてはならないのか、伏原には信じられない。だが吉岡と一緒に外を歩いていると、よく道を聞かれたりする。目立つ容姿だからいわゆる逆ナン目的の女性も多いが、下心なく子供や男性、老人までが気軽に吉岡に声をかけてくる。自分だったらこんな胡散臭い男、仕事以外で近づきたくもなかったが――他のやつらには、これが人好きするタイプの男に見えるらしい。たしかに自分に比べれば明るくて社交的で、いつもへらへら、いや、ニコニコしているし。今日みたいに普段着を身につけていると、とても『死神』になんて見えない。

「伏原君、またカップ麵のまとめ買いとか、やめなさいよ。何か栄養ありそうなもの作ってあげるから」

荷物の引き取りを終えて戻ってきた吉岡は、キッチンや冷蔵庫を漁《あさ》って、何やら料理まで始めている。勝手知ったる他人の家とはこのことか。事務の女性がたまに料理を作り置きもしてくれていたから、彼女の残した食材や調味料を使って、適当な野菜炒《いた》めやら味噌汁《みそしる》やらが出来上がる。転寝《うたたね》していた伏原が目を覚ます頃には、白米まで炊き上がっていた。

「はい伏原君、起きて。ご飯できたから、食べて」

吉岡に追い立てられるようにして、伏原はソファから起き上がった。頼んでないとまた文句を言いたかったのに、温かそうな料理の匂いを嗅いだら、不覚にも腹が鳴ってしまう。吉岡の料理は悔しいながら美味《うま》いので、いつもしぶしぶと食べてしまうのだ。

ソファ前のテーブルには、酒瓶とグラスの代わりに、これでもかという家庭料理が並べられている。やはりその匂いと見た目に抗《あらが》えず、伏原は箸を取った。向かいのソファに吉岡も腰を下ろしている。

「そういえばあんた、勝手に冷凍食品とか送りつけてくるの、やめろよな」

まったく自分好みの味付けにされている野菜炒めを口に運んでから、伏原は思い出して吉岡に言った。

「そうでもしないとここの冷蔵庫、酒と氷だけでいっぱいになっちゃうでしょうが。それに先月送ったヤツ、伏原君の好きな味だっただろ?」

「そうだけど……」

吉岡はいつだって勝手にここに押しかけ、勝手に伏原の世話を焼いて、勝手に帰っていく。

仕事の現場がしょっちゅうかち合うと言ったって数ヵ月に一度という割合なのに、それ以外でも顔を合わせる羽目になるのだ。

「あんた、俺の何なの?」

前々から聞きたかった。吉岡が一体、何のつもりでこうも自分につきまとうのか。仕事で組めたら便利とか、それだけではないことくらい、人付き合いを極力避けて生きてきた伏原にもさすがにわかる。というか、わかってきた。出会ってもう三年近くだ。

「彼氏候補?」

が、真顔で言う吉岡に呆れる。こうも馬鹿な返事が来るとは思わなかった。

「あんたなら他にいくらでも、男でも女でも選び放題だろ」

「そう、選《え》りすぐっての伏原真希《まさき》君」

「……俺が『曰く付き』だからか?」

彼にとっては髪の伸びる人形やら、泣き声の響く井戸やらと同じ棚で、『幽霊と心中する男』が並べられているのだろうと、伏原にも察しはついた。

「ふふ」

気味の悪い笑みがその返答だ。

「動機とか過程はどうあれ、実際問題僕は伏原君大好きだし伏原君に性欲感じるし、口説いて何が悪いっていうね」

性欲、という生々しい言葉の響きに伏原は眉を顰める。食事時の話題ではない。

「俺の意志は無視かよ」

「これでも、好きになってもらおうって必死なんだけどな」

吉岡の口調は軽く、真に受けるのが伏原には馬鹿馬鹿しくなってしまう。毎度、毎度だ。

「伏原君はさ、僕を利用しなよ」

無視して食事を続けようと箸を持ち直す伏原に、吉岡が唆す口調で言った。伏原は向かいに座る吉岡をちらりと見遣る。

「何のために」

「生きるために？　最低限人間らしい暮らしをするために……？」

「そこまでじゃないだろ」

「あはは」

吉岡が今度は、乾いた笑い声を上げた。

「あのゴミ袋の数々を見てそれを言うか。あっちのノートパソコンだって、僕が発掘しなかったら、チラシとかＤＭの下で永久に再会できなかったぞ。そうだこれ、溜《た》まってたメールから依頼らしいものだけ刷り出しておいたから——あ、これ、ウチにも来たやつだ」

伏原はうんざりと天井を仰いだ。難しい案件であれば、複数の霊能者だのを雇うのはさほど珍しくもないが、それにしても自分の行く先々に吉岡の姿があって嫌になる。

「何でまたあんたと同じ依頼が来るんだよ」

「だから、普通の人なら手を出したがらない厄介な案件が、たらい回しにされたあげく最終的に僕か君のところに舞い込むからでしょうって」

吉岡がそう言いながらメールのハードコピーを手渡してきて、伏原は嫌々ながらにそれを受け取った。

「……ずいぶん遠方だな」

地名を見ただけでもう面倒臭い。多分電車を乗り継いで何時間もかかる場所だ。新幹線も通っていない辺りな気がする。

「車出してあげようか。一緒に行こうよ」

「何でだよ。嫌だよ」

「交通費浮くよ？」

吉岡の誘惑は、手許不如意である伏原にはなかなかの魅力だった。露木邸の報酬が入らなかったのが痛すぎる。前金はもらっていたが微々たるもので、残りは無事屋敷の怪異を解決してからの約束だったのだ。

「途中の食費も持ってあげるからさ。今回、経費に食費は含まれませんってさ」

吉岡には金がないことをすっかり見透かされている。懐事情を知られているのはなかなか屈辱的だが、背に腹は代えられない。

利用しろ、と吉岡自身が言ったのだから、利用してやったたって良心は痛まないのだ。

「……まあ車に乗ってればいいだけだし、楽だし」

自分に言い聞かせるようにそう言う。そう、結局のところ、吉岡といるのが楽なのだ。悔しいけれども。この男の言動は大抵伏原の理解の範疇外《はんちゅうがい》にあるし、時々無性に苛立《いらだ》ちもするというのに。

「じゃ、決まりだね」

胡散臭いくらい明るい笑顔で言う吉岡に、伏原は不承不承の態で頷きを返した。

3

「伏原《ふしはら》く〜ん、生きてる？」

隣の運転席から吉岡《よしおか》に訊《たず》ねられるが、伏原はもう首を横に振るのも縦に振るのも無理すぎて、ただ低い呻《うめ》き声だけをか細く漏らした。

「伏原君の三半規管、ポンコツだねえ」

吉岡の言いざまがまた腹立たしいが、何しろ具合が悪いし、もっともすぎるしで言い返せない。

事務所まで迎えに来た吉岡の運転で出発してから、かれこれ五時間半。途中サービスエリアでの休憩を挟みつつ、伏原はだいたいずっと車酔いしっぱなしだ。車に乗ること自体があまりに久しぶりの上、寝不足だし、運動不足だし、そのうえ宿酔《しゅくすい》という最悪のコンディション。食費交通費無料に釣られたりせず電車で来ればよかった——と悔やんでも後の祭りだ。吉岡が四六時中うるさく話しかけてこないことだけがまあ、不幸中の幸いか。

「もうちょっと表に出た方がいいよ、君は。ほら項垂《うなだ》れてないで、ちょっと窓開けてあげるから外の空気吸って、外の景色見て。少しは楽になるから」

しかし時々こうして話しかけられはする。十分ほど前に停《と》まったサービスエリアで胃の中のものを全部出してしまったおかげで、もう吐くものもなくなったことを見透かされているのか。うるさいな、と思いつつも、伏原は他にどうしようもなくて吉岡の言うとおり顔を上げ、窓の外の景色を眺めた。東京《とうきょう》からずいぶんと離れ、外はすっかり山道だ。右手に崖、左手は山を下った向こうに平地が広がり、点々と民家らしきものが見える。

牧歌的なその景色を眺めつつ、冷たい風に当たり、遠くを見ていたら、おかげで伏原の吐き気も少しだけ治まってきた。

「ほら、水分も入れるんだよ」

吉岡は甲斐甲斐《かいがい》しく、ペットボトルのお茶を横から差し出してくる。キャップまで緩めておいてくれているのだから至れり尽くせりだ。伏原はお茶を受け取り一口飲んだ。また少し気分がましになる。

「同じ日本なのに、こんな田舎もあるのか……」

「さすが二十三区生まれ二十三区育ちは言うことが違うよ」

伏原が独り言のつもりで言った言葉に、呆《あき》れているのか感心しているのかわからない口調で吉岡が返す。

「あんたも都内なんだろ」

「僕は商社時代にあっちこっち行ってるからなあ、国内も海外も」

そういえば吉岡は元会社員だった。

「海外って……ヨーロッパとか？」

城下町の小洒落《こじゃれ》たカフェでティータイムでも過ごしているのが似合いそうな男だ。見た目だけは。

「どっちかっていうとアジアが多かったけど、ヨーロッパもそれなりに。古城がいいんだよね、風情があって」

しかしおそらく吉岡の言う「古城がいい」は、観光地としていいということではなく、曰《いわ》く付きの場所や品物が多いという意味だろう。

「イギリスなんかホテルに地縛霊がいるのとか当たり前だったからさ。この間の露木《つゆき》邸もよかったけど、歴史が浅いからなあ。せめて十八世紀くらいまで遡れないと」

伏原には理解できない拘《こだわ》りというか、趣味だ。進んで霊に会いたいとか、呪われた品物を見てみたいという吉岡の気持ちが、さっぱりわからない。

「あんたいい家でいい学校出ていい会社入ったっていうのに、何でそんな道を踏み外しちゃったんだ……？」

「あのままエリートコースを邁進《まいしん》してたらと思うと、ぞっとするね。好事家が多いおかげで、サラリーマン時代よりも今の方がずっと儲《もう》かってるし。道を踏み外したってことはないよ」

「ふーん」

やっぱりこいつは変わり者だ、と思いつつ、伏原は取りあえず口を噤《つぐ》んだ。自分はと言えば卒業できたことが奇跡なくらい高校はサボりまくっていたし、就職どころかまともなアルバイトもしたことがないし、相手に道がどうこうと言える立場でもないのだ。伏原が最初に『心中屋』として報酬を受け取ったのは中学生の頃だった。

「ああ、もうそろそろかな」

案内標識を見て吉岡が言った。目的地まであと数キロというところまで来たらしい。高速道路を下りて一般道を走り、舗装されているのが不思議なほど細い道を抜けてようやく辿《たど》り着いたのは、町役場だった。

「ほら伏原君、しゃんとして」

酔いはずいぶん治まったとはいえ、座りっぱなしで疲れ果て、車を降りてからも伏原はまっすぐ歩けなかった。吉岡の車は頑丈で中は居住性のよい外国産だったが、それでもさすがに六時間以上乗っていれば体は辛《つら》い。ぴんぴんしている吉岡が、やっぱり異常なのだと伏原は思う。

山間《やまあい》にある小さな町の役場は、年代を感じさせる古くて小さな平屋だった。吉岡は迷いのない足取りで建物の中に入っていき、伏原は滅多に足を踏み入れることのない役所にどうも気後れしながらふらふらとその後に続く。

吉岡が窓口で名前と用件を告げると、すぐに担当者がやってきた。

「どうも、生活安全課の堀口《ほりぐち》です」

三十代そこそこに見える人のよさそうな男はそう名乗り、愛想良く笑いながらも、どこか胡《う》散臭《さんくさ》そうなものを見る目で吉岡と伏原を見た。片や、やけに煌煌《きらきら》しい容姿に反するような暗い色のスーツを纏《まと》った葬儀屋のような男、片や大学生と見紛《みまご》うばかりのラフな恰好《かっこう》の男、ちぐはぐな組み合わせにもほどがあるだろう。

「初めまして、古物商を営んでおります、吉岡と申します」

愛想のいい笑みを浮かべた吉岡は、さすが如才なく名刺を取り出している。名刺など持ったことがないし持つ気もない伏原は、車酔いの余韻もあって、堀口に向け申し訳程度に頭を下げるに留《とど》めた。

「ええと、概要はメールでご説明差し上げた通りなんですが……あ、これ、地図です」

堀口が用意していた地図をそれぞれ吉岡と伏原に手渡した。

「そこの赤い丸が、例の小学校です。あとこちら、一応当時の新聞記事なんかもコピーしておきました」

「助かります」

堀口は地図の他にも、あれこれと資料を準備してくれていたらしい。事前にメールでも詳しいことは聞いていたが、吉岡も伏原も、改めてその資料に目を落とした。

この辺りの地元新聞のコピーには、「遠足に向かう小学生全校生徒が死亡」「飲酒運転のトラックと正面衝突」と、悲惨な事故の見出しが大きく出ている。八年前のものだ。

全校生徒といっても、過疎化の進むこの町で、当時すでに新しい児童の入学の予定もなく廃校が決まっていたから、死亡したのは計七名。ただ、「全校生徒」と聞いて浮かぶ数字よりは控え目ではあるとはいえ、充分すぎるほど重い数字ではある。

この亡くなった児童たちが小学校に現れるという噂《うわさ》が絶えず、住民が怯《おび》えているので何とかしてほしい――というのが、伏原と吉岡の元に舞い込んだ依頼の内容だった。

今回も露木邸同様、伏原と吉岡にはそれぞれ別々に打診が来た。住民の訴えに困り果てた堀口があちこちに相談を持ちかけ、伝手《つて》を辿った結果のようだ。

「遺族の反対にあってなかなか解体工事が始まらなかったんですが、去年からようやく着手する運びになったんです。でもいろいろトラブルが多くて、中断してしまっていて」

これも露木邸と同じパターンらしい。解体業者が来ても重機にトラブルがあったり、事故が起きて怪我人《けがにん》が出たりが続き、子供の霊の目撃も相次いだため、業者が嫌がり、工事がストップしてしまった。

「去年の年末にお寺さんにお祓《はら》いをお願いしたり、高名な霊能者っていう方にも来ていただいたんですけど、特に変わりなくて……人伝《ひとづて》に相談したところ、あなたたちならばという話を聞いたので、ご依頼させていただきました。もう予算も下りないので、大した報酬にもならなくて申し訳ないです」

依頼人名は堀口個人だった。メールの文面からして、役場の職員や有志のカンパで資金を募ったらしい。よほど困っているようだった。他にも一人二人霊媒師やらに声をかけたが、遠方すぎると断られたという。割に合わない仕事だと思われたのだろう。

「いえいえ、こちらは現地のものを持ち帰っていいとのことですので、ありがたく」

吉岡の方はひたすら愛想よく堀口に向き合っている。やり取りは吉岡に任せ、伏原は欠伸《あくび》を噛《か》み殺す。ゆうべは吉岡と長時間一緒の遠出だと思ったら変に気分が昂《たか》ぶって寝つけなかった。おかげで依頼の前には飲まないようにしていた酒を飲みすぎ、せめてもと車中で寝るつもりが、車酔いのせいでまったく眠れなかったのは誤算だ。

そんな伏原を、吉岡に細かな説明をしつつ、堀口が不安そうにちらちら見ている。

「――とにかく、私含め住民は藁《わら》にも縋《すが》る思いですので。どうか、よろしくお願いします」

伏原たちを藁扱いした堀口自身は、件《くだん》の小学校に足を向けないつもりのようで、役場で見送られた。資料など至れり尽くせりだと思っていたが、自分が送迎しなくていいようにするための地図だったようだ。

「いつもながら、ものすごく訝《いぶか》られたね」

駐車場に駐《と》めた車に戻りながら、吉岡が笑って言う。

「霊能者として呼ばれたのに古物商を名乗る葬式屋みたいな恰好の男を警戒しない方がどうかしてるだろ」

「伏原君なんて相変わらず大学生にしか見えないしね。いっそ神主装束やら袈裟《けさ》やら着てる方が安心なのかも、僕から見たら、その手の手合いの方がインチキ臭いけど」

伏原は再び吉岡の車の助手席に収まった。

「あんたは何でいつもその服なんだよ」

車を発進させる吉岡のスーツ姿を横目に見つつ、伏原は訊ねる。

「これから廃校に行こうって恰好じゃないだろ」

露木邸もそうだが、人のいない建物には当たり前ながら埃《ほこり》が溜《た》まる。黒っぽいスーツなんて、汚れて仕方がないだろうに。

「仕事するならこれかなって思ってるだけで、深い意味はないよ。神主とか僧侶ほどじゃないけど、それらしい身なりの方が相手に信用してもらえて面倒がないっていうのもあるにはあるかな」

「葬式屋みたいなネクタイも?」

「だってこれがハイブラのオシャレなネクタイだったら、場違い感すごすぎない?」

それはそうかもしれない、と伏原は一応納得する。吉岡が小洒落たスーツなんて着たら、ただのファッションモデルだ。心霊現場にまったく相応《ふさわ》しくない。

「でも嬉《うれ》しいな、伏原君が僕に興味持ってくれるとか」

地図の小学校に向けて車を走らせながら、吉岡が嬉しそうに言う。そんなことで喜ばれるとは、伏原も思っていなかった。やり辛い。

「特に興味はないけど。暇なんだよ、ただでさえ長旅で」

　ここへきてようやく車酔いも治ったせいもあるかもしれない。

「顔色もちょっとはマシになってきたみたいでよかった。さっき役所入った時は死んだ目してたけど」

　しかしろくに舗装されていない細い道に差し掛かり、車がガタガタ揺れるもので、油断していたらまた酔いそうだ。

「ああいう場所苦手？」

「世の中の大抵の場所で、俺が得意なところなんてない」

　迷いなく、伏原は言い切った。本音でしかなかったからだ。

「会社とか役所とか、鬼門でしかないんだよ」

「えっ、伏原君が僕のこと苦手なのって、もしかしてこの恰好のせい？　会社員っぽいから？」

「ガワじゃなくて中身も苦手だから安心してくれ」

「ひ、ひどい……」

　大袈裟に悲しげな顔をするところがまた鬱陶しい。伏原は目を眇《すが》めて吉岡を見遣《みや》った。

「あんた別に古物商だの霊能者だのやらなくても、普通に会社員で生きていけるだろ。どうしてわざわざこっち側に来るんだよ」

　吉岡に会うたびに常々伏原が思っていることだ。外見は胡散臭いにもほどがあるが、先刻の堀口とのやり取りといい、立ち居振る舞いは常識的な社会人にしか見えない。実際そうやって商社マンとして生きてきた数年もあるのだ。

伏原みたいに、やむにやまれず、他に食い扶持を稼ぐ手段もなく、この稼業をやっているのとはわけが違う。

「いや、僕だって、ここが自分にとっての最終防衛ラインっていう感じなんだけどさ。……あ、あそこかな？」

吉岡の言うとおり、両脇を田畑や空き地に囲まれた細い道の突き当たりに、小学校があった。道の途中にはぽつぽつと民家が見えたが、古い木造家屋で、人が住んでいるのかは外からではよくわからない。

吉岡は校門の前で車を停めた。彼に続いて伏原も車を降りる。

鉄製の黒い校門は当然ながら閉ざされており、『危険・立ち入り禁止』の看板が貼りつけられていた。扉には幾重にも鎖が巻きつけられ、大きな南京錠《なんきんじょう》でロックされている。

吉岡がポケットから取り出した黒い革手袋を嵌《は》めて、堀口から預かった鍵で解錠すると、ひどく軋《きし》んだ音を立てて門が開く。

中を見ると、門の真正面に丸くて大きな花壇があり、その中心に背の高い時計が立てられていた。花壇は雑草まみれだったが、花も枯れずにとりどりに元気よく咲いているのが、何となく物悲しい。

吉岡に続いて敷地内に入ろうとした伏原は、その手前で足を止め、校舎を見上げた。

「……」

ここから見えるのは長方形をした校舎の短辺側だ。正面は門ではなく校庭の方に向いている。伏原は小さく息をついてから、改めて敷地の中に足を踏み入れた。

校舎は二階建てで、伏原が想像していたよりは大きな造りだった。ただそれは『全校生徒七名』の数字にしては大きいというだけで、伏原自身の通っていた都内の小学校よりははるかに小さい。

堀口の用意してくれていた見取り図によると、敷地内には体育館もプールもなかった。体を動かすことも体育の授業も嫌いだった伏原には正直羨ましい。

「それじゃ、日が落ちるまで探検しようか」

まるで楽しい観光地に来た、という調子で吉岡が言う。花壇の時計はまだ動いているようで、午後三時半を指していた。今は冬の終わり、日没まであと一時間半といったあたりか。伏原の経験上、霊は日が落ちた後に活性化する。不案内な土地や建物では、周囲をそれなりに把握するまで明るいうちしか活動したくないのは、吉岡も同じなのだろう。

「校舎二階から見える人影と、校庭にいる人影、そして笑い声ね」

校舎には入らず、校庭へと向かう吉岡の後を、伏原もついていった。教職員や来客用の駐車場があったが、車はそちらに入れず、門の前につけておくつもりらしい。いざという時に逃げやすいようにだろう。伏原は運転免許を持っておらず、遠方の移動の時は送迎してくれる人がいない場合、基本的に依頼を断っている。この小学校の件も、吉岡がいなければ請けていなかっただろう。

「目撃情報自体は前々からあったけど、増えてきたのは去年からなんだよな」

堀口から聞いていた話を思い出し、伏原は校舎を振り仰ぎながら呟《つぶや》いた。

「らしいね。解体工事が始まって活性化したってところかな」

未練や執着の残る場所にひっそりと居座っていた霊が、その場を取り上げられそうになって初めて、おおっぴらに姿を現す——というのは、伏原の知る限りでそう珍しい現象ではない。

「未練があるのは子供じゃなくて、遺族の方っていうパターンは？」

そして本来いもしないものを、いてほしいと願うがゆえに見出《みいだ》してしまうことにもまた、この稼業をやっていて伏原は何度も遭遇してきた。ただの偶然の連続を、死人からのメッセージだと読み取ってしまう。生き残った側に何か後ろ暗いことがあるほど、あるいは相手に対する愛着が強いほど、それは顕著だった。

吉岡が頷《うなず》く。

「なくもないかな。小さい子供を亡くした家族は、たとえ幽霊であっても会いたいって思い詰めるのもよくある話だし」

「……」

小学校の校庭はかなり広かった。大きな競走路の線が引いてある運動場だけではなく、滑り台やブランコやジャングルジム、攀登棒《はんとうぼう》や雲梯《うんてい》などの遊具が置かれた一角がある。子供の霊が現れるというのはその辺りだ。伏原は吉岡に続いて、遊具の集まっている方へと移動する。

「いいな、僕が通ってた小学校、こういう遊具なんかは置いてなかったんだよね。鉄棒とか上り棒くらい。代わりにビオトープはあったけど」

「しゃらくせえ……」

「伏原君はどんな子供だった？」

歩きながら、伏原は少し先を行く吉岡の方をちらりと見遣った。吉岡は物珍しそうに、最近ではあまりお目に掛からない回転塔の遊具に手をかけて眺めている。

「友達と遊具で仲よく遊ぶような子供時代ではなかった」

「ああ、じゃあ僕と同じか」

「あんたはアホみたいにはしゃいで遊んでそうだけど」

「暇がなかったからねえ、毎日毎日習いごと、ピアノとヴァイオリンのお稽古もあるので指を痛めるような遊びは禁止」

「ますますしゃらくせえな」

「箱入りのお坊ちゃまだったから。――この辺り、何か嫌な感じとか、する？」

言われるまでもなく伏原も遊具の近辺に注意を凝らしてみてはいたが、特に悪いものがいるような感触はない。目に見えて何かが居るふうでもない。

「何か条件があったりするのか、子供が出るっていうのに」

「特にそういう話はないね。敷地内は立ち入りが禁じられてるし、近所の人が学校近辺を通りがかる時に、フェンスの向こうから見たっていうだけらしい」

遊具は校庭の端にあり、敷地を区切る背の高いフェンスがすぐそばにある。フェンス沿いは舗装のされていない道路、その向こうはかつて畑だったらしい空き地、周囲にこれといった施設は見受けられないから、人通りや車通りは滅多になさそうな雰囲気だ。

「実際子供の霊がいるとしても、ずっと大人しくしてたんなら、このまま放っておけばいいのに。露木の家と違って、すぐ売り買いしなきゃいけないものじゃないだろ。解体にも金がかかるだろうに」

「そうは言っても管理の問題もあるんじゃない、誰か入り込んで事故なんて起きれば町の問題になるし。タヌキだのの野生生物が棲《す》み着いても厄介だろうし」

「……八年経《た》つと、心の整理がつくもんか」

遺族の反対にあって実行できない解体工事を始めようとしていたのなら、その反対はなくなったのだろう。

伏原は独り言のつもりで呟いたが、吉岡が「そうだなあ」と相槌《あいづち》を打った。

「七回忌で一区切りだったのかもね。法事ってのはそのためにやるものだし。初めは子供たちのこと忘れたくなくて解体に反対してたとしても、そろそろあんまり引き摺《ず》ってたらよくないよねって雰囲気になる頃合いだと思うよ」

「ふーん……」

「でも子供たちの方の整理はついていなかった、かな？」

吉岡が遊具のあるあたりを見渡し、伏原もそれに倣った。

やはり、特に何かしらが現れる気配は感じられない。

「本当にいるとするなら、見ず知らずの人間を警戒してるのか……」

「僕と伏原君が無邪気に遊んでたら、釣られて出てきたりしないかな？」

などと言いつつ、吉岡がそばにあったブランコに腰を下ろしている。伏原は真似《まね》る気にならなかったので、ブランコを取り囲む鉄製の柵に腰を下ろした。吉岡はどうにかブランコを漕《こ》ごうとしているようだが、無駄に脚が長いせいで、ただ前後に揺することしかできていない。

「三年生が二人、四年生が一人、五年生が三人、六年生が一人、か」

ギコギコと耳障りな音を立ててブランコを鳴らしている吉岡を眺めつつ、堀口に渡された資料を思い出し、伏原は呟く。亡くなった子供の数。七人しかいなかった児童たちは、普段の授業からひとつの教室に集められ、数少ない教師がつきっきりで世話をしていたらしい。

運転手を兼ねて遠足に付き添った教師は二人いて、大怪我《おおけが》をしつつも二人とも生き残ったが、どちらも教師を辞めて土地を去っていったという。

「……さすがに小学生と心中はできないよなー……」

少しずつ日の落ちつつある空を見上げ、伏原は呟いた。どこぞで修行したというわけでなく、伏原には『幽霊と寝る』ことしかできない。幼い子供、それも七人もの人数が相手になるのなんて、これが初めてだ。

「言いたくないけど、あんたが頼りなのかも、今回」

本当に言いたくはないが、しぶしぶと、伏原は吉岡に目を戻して言った。吉岡は基本的に古物商を名乗ってはいるが、怪異の起きる大元となる物品――たとえば露木和俊《かずとし》の制服やノートなど霊が未練を残す道具、あるいは呪いのかけられた道具、霊が吹き溜まる原因となる何か――をその場から取り去る、あるいは壊すことで、結果的に怪異を収めることができる。

吉岡自身は怪異に対して鈍感なのと、頑丈な心身、加えて剛運の持ち主であるため、取り憑《つ》かれることも呪われることもないという、いわばチート級の霊能力者なのだ。

この小学校でも、亡くなった児童たちの未練を断ち切れば、うまいこと怪異を抑えられるかもしれない。

吉岡に頼るのはどうも悔しいけれども、それでも幼い子供たちがいつまでもこの場所に固執し続け、成仏もできないでいる方が伏原は嫌だった。

「もうちょっと時間がありそうだから、校舎の方も行ってみようか。堀口さんから鍵は預かってるし」

「……外から影が見えるっていうなら、とりあえず外から見た方がよくないか」

「一応さっきから確認してはいるんだけど、なんにも見えないんだよね」

ブランコに乗ったまま、そういえば先刻から吉岡の視線は校舎の方を向いている。校舎に背を向けていた伏原も、背後を振り返った。

ゆっくりと橙《だいだいいろ》色に染まる空の下で、校舎は別段変わった様子もなくそこにあった。そろそろ四時になる。最近は放課後校庭を開放しない学校も多いから、あまりおかしな眺めでもない。

「……あ」

が、不意に、伏原は背筋にかすかな悪寒を覚えて声を漏らす。

「ん？」

耳聡《みみざと》く聞き止めた吉岡が、問うように伏原を見上げた。

「あっち。多分、何かいる」

子供の霊か、生きた人間か、タヌキなのかはわからない。

とにかく何かしらの気配が、遊具から少し離れたところ、背の高い木々が植えられ小さな林のようになっている一角にちらりと現れた気がしたのだ。

「僕が行くと消えちゃうかもしれないから、伏原君」

言われるまでもなく、伏原は立ち上がり、気配のする方へとそっと歩き出していた。吉岡の存在の弊害は、霊の力が希薄だと、それ自体が吹き飛んでしまうことだ。ちょっとした雑霊レベルなら、何をするまでもなく消し飛んでしまう。

元より除霊が依頼なのだから消えてしまって困ることは滅多にないが、八年も彷徨《さまよ》っているという子供の霊を有無を言わせず吹き飛ばすというのは、なかなかの仕打ちだと伏原は思ってしまう。

吉岡の方は、子供たちをここに留めている何らかの物品を手に入れたいから、それが何であるのかを知ろうとしているだけかもしれないが。

子供の霊であれば驚かせないようにと静かに近づいたつもりだったが、気配のした方に伏原が辿り着いても、そこには何もいなかった。木々の合間を縫って歩いてみても、特に生き物も死んだ者もいるようには見えない。

伏原が振り返って首を振ってみせると、吉岡もブランコから立ち上がってこちらに向かってくる。

「これも授業の一環で使ってたのかな。巣箱がある」

白樺《しらかば》らしき木の幹に触れながら、吉岡が頭上を見上げて言う。たしかに鳥の巣箱らしき木箱が枝の上に括《くく》りつけてある。

「鳥だったのか……?」

鳥が棲み着いているのなら、その出入りの影や物音を、子供の霊と結びつけたとしても無理はない。中に鳥がいるかどうかを確かめてみた方がいいのかと、伏原が背伸びして巣箱の中を覗《のぞ》き込もうと努力していたら、その隣で吉岡が少し曇った表情になり空を見上げた。

「ん、何か、急に翳《かげ》ってきたな。そろそろ戻って出直そうか、この感じじゃ日が落ちたら暗くなりすぎる」

校舎にはすでに電気が通っておらず、周辺にも外灯らしき外灯が見当たらない。本格的な仕事は明日からで、今日は下見程度の予定だったから、伏原は吉岡に頷いて再び校舎の方へと戻り出す。

「出たり出なかったりっていうのが厄介だね。明日もう一度役場に行って、堀口さんに『見た』って人を紹介してもらおうか。何か法則性みたいなものがあるとありがたいんだけど」

校庭を出て、校舎の脇を回り、校門へと向かって二人で歩く。空が見る見る曇り出しているのが嫌な感じだ。

さっきまではちらほらちぎれ雲がかかるくらいで、翳りのひとつもなかったはずなのに。

「――嫌な風だな……」

そのうえ生温《なまぬる》い風を頰に感じ、伏原は自分の首筋を掌《てのひら》で摩《さす》った。

経験上、これは、いる。

そう思った直後に、周囲の空気が一気にガンと下がった。

「おー、冷えてきた冷えてきた。今ペンライトしか持ってないから、ちょっと車に戻っていろいろ取ってこようか。上着とか」

伏原はいつものモッズコートを引っかけているが、吉岡はスーツの上に何も身につけていない。今日はそこそこいい陽気で陽射《ひざ》しも強く、車の中は暑いほどだったからだろう。周囲は段々と真冬のような気温になってきて、さすがに寒そうだった。

「このままやるのか？　暗くなりすぎるんじゃって言ってただろ、さっきは」

伏原はこの身ひとつでの仕事なので、必要なものといえば心構えくらいだから、明日の予定が今日になったところで、さして困りはしないのだが。

「明日出るとも限らないし、無駄足になるよりはさっさとすませた方がよくない？」

吉岡は乗り気だ。

「今日のために結構いいヘッドライトを新調しておいたんだよね。あ、伏原君の分も用意してあるから。あと食料と飲み物と、ポンチョなんかもあるんだよねお揃《そろ》いで」

「……何を浮かれてるんだ……」

「だって伏原君とお泊まりでお出かけですよ。あれこれ準備するのが楽しくて、それはもう遠足前の子供のように――」

吉岡が言った時、子供の笑い声が小さく響いた。と同時に、伏原の頬を再び生温い風が撫《な》でる。

まるで小さな女の子が堪《こら》えきれない笑いと同時に零《こぼ》した吐息のような、ささやかな風が。

「おっと、楽しそうな様子に釣られて出てきてくれたかな？」

吉岡にも聞こえたというのなら、ここにいるのはそれなりに強い力の霊たちだ。

「……やっぱり明日、出直さないか？」

「うん？　あれ伏原君、もしかしてまた具合悪い？」

口許《くちもと》を押さえて呻くように提案した伏原の背に吉岡が触れて、顔を覗き込んでくる。伏原は吉岡の表情まで曇ったのを見て、自分がひどく蒼白《あおじろ》い顔をしているらしいとわかった。

「疲れてるんなら出直そう、そういう時にこういう場所にいるのはよくないし」

吉岡がそう言って自分を支えるように校門に向かい始めてくれたので、伏原は内心ほっとする。

だがすぐに、吉岡が足を止めた。

「何……？」

口許を押さえて俯《うつむ》いていた伏原は、突然立ち止まった吉岡のせいで自分も歩みを止めながら、相手を見遣った。

「校門さ。開けておいたんだよね、いざって時すぐ逃げられるように」

「ああ」

ここに来た時、たしかに吉岡はそうしていた。何かあればすぐにこの場から立ち去れるように、車も敷地内の駐車場ではなく、門の外に停めて。

「でも、閉まってる。ものすっごい嫌な予感」

　伏原が見ると、たしかに敢《あ》えて開け放しておいた鉄製の門は、門柱との隙間なくぴったりと閉ざされている。

　吉岡が改めて門に近づき、開こうと手をかけた。

　が、案の定、門はびくともしない。

「これは、やられたね」

「マジか」

　怪異のある建物に閉じ込められることは、そう珍しくもない。露木邸でもそんな目に遭った。逆に現場に辿り着けないよう迷子にさせられることもままあるし、そこまでショックを受けることでもなかったが。

「よっ」

　吉岡が「試しに」という調子で扉を玄翁《げんのう》で殴りつけたが、大きな音がしただけで、壊れる様子もない。

　伏原がいっそよじ登ればと思って見上げると、門の上には不法侵入を防ぐためらしき鉄条網が厳重に渡されている。学校中を取り囲むフェンスにも、隅から隅まで同じものが張り巡らせてあった。

「そういえば、事件の後に噂を聞きつけた不逞《ふてい》の輩《やから》が、肝試しに押しかけるもんだから、町の方で立ち入りできないようにしたって言ってたな」

玄翁の柄でトントンと自分の肩を叩《たた》きながら吉岡が言う。それは伏原も堀口から聞いていた。

「どっちみちここにいる『誰か』に閉じ込められたんなら、物理的に脱出しようとしても無駄だろ」

「だね、元凶をどうにかしない限り」

伏原の経験上、たとえ扉を破壊できたとしても、外に出ることは難しい。閉じ込めた張本人に出てもいいと許されるか、張本人を始末するかしか、方法がないのだ。

「どうしたもんかなー」

吉岡が呟いた時、生温く強い風が吹き下りてきた。伏原と吉岡は揃って空を見上げ、揃って微《かす》かに眉を顰《ひそ》める。

時間的には日没までまだ猶予がありそうだったのに、あまりに突然垂れ込めた暗雲に覆われ、辺りはすっかり暗闇だ。

「ここ、そんなに強い感じの場所だった？　見誤ったかな。伏原君が」

「俺がかよ。……まあ、そうかも」

不承不承ながら、伏原は認める。認識が甘かったかもしれない。はっきりと姿が見えない霊が、この規模の施設を閉鎖できるとは、予想していなかった。そして何しろ吉岡は鈍い。異様な気配に気付けるとしたら、絶対自分の方が先だとわかっていたのに、予兆を見過ごしてしまった。

「僕も伏原君と最初から一緒の現場なんて初めてで、ちょっと浮かれすぎてたかも」

相槌を打ちにくいことを吉岡が言うので、伏原はこれについては無視を決め込んだ。吉岡は気にしたふうもなく、片手を持ち上げ掌を上に向けている。

「降ってきた」

伏原も頭や肩にポツポツと水滴が落ちてくるのを感じた——と思った直後には、唐突な土砂降りが始まった。大粒の雨が地面を叩き、アスファルトを黒く染め上げていく。伏原は吉岡に肩を摑《つか》まれ、引っ張られるように昇降口の軒下まで転がり込んだ。風も強くなり、雨が横殴りに軒下にまで入り込む。先刻の生温い風は単にこの雨の前兆だったのか、それとも活性化した子供の霊に釣られて天候が崩れたのか、伏原にも正直判別がつかない。

「駄目だな、このままじゃ濡《ぬ》れる」

吉岡が鍵を使って昇降口のドアを開けている。

「今、中に入るのは、まずくないか」

自らさらに閉鎖された空間に入るなど、この状況では自殺行為な気がする。伏原が吉岡の腕を押さえると、吉岡が首を傾《かし》げて伏原を見返した。

「外にも出るっていうんだから、中でも外でも一緒じゃない？　この学校の敷地内では」

「……」

それもまあ、一理ある。伏原は手を引っ込めた。吉岡が懐から出したペンライトで昇降口の中を照らす。ペンライトと言ってもなかなか強力なもので、それなりに遠くまで照らすことができた。中に何かがいるような様子はない。ただ、雨の音が大きくて、物音がしてもわからなかっただろうが。

ひとまず昇降口の中に入り、ドアは開けたままにしておく。中は木製の靴箱がいくつか並んで立っていた。靴や上靴の入っていないがらんとした眺めは、外側から見た時よりも、ここが廃校であることが思い知らされる雰囲気だ。

それにしても寒い。伏原には自分の吐く息が白くないことが不思議なほどだった。

「ひとまずは雨が止《や》むのを待つとして――」

言いながら、吉岡がポケットから取り出したスマートフォンを操作して、耳に当てた。しばらく無言でいたが、じき首を振りながら手を下ろす。

「まあわかってはいたけど、通じないね」

伏原も自分のスマートフォンを出してためしてみたが、吉岡の言うとおりだった。通信は圏外の表示。適当な案内ダイアルにかけてみても、呼び出し音すら鳴らない。

「帰ってこないのを心配して、誰かが来たりしないといいんだけど。ま、大丈夫か、元々幽霊が出て怖いから退治してほしいって依頼なわけだし」

吉岡はスマートフォンをしまい、あちこちをペンライトで照らしている。非常灯のひとつもついていない建物の中はあまりに暗い。露木邸も同じだったが、あの時はまだ窓の外から夕焼けが照らしてくれて、薄暗いという表現で間に合ったのだが、ここは、もう闇の中としか表現しようがないくらいに真っ暗だ。

「とりあえず今は、姿を見たって言われてる教室に行くのはやめておこう。雨が止むか、朝になるのを待った方がいいな」

開け放ったままのドアから聞こえる雨音がうるさかったので、吉岡が靴のまま廊下に上がった。本来上靴で上がるべきところを土足のまま、というのが伏原にはどうも気が引けたが、埃や土で汚れているだろうし、仕方がない。自分も吉岡に倣った。

「それにしても、寒いな。燃え種があれば暖は取れるし、探してこようか」

手袋を嵌めた指で手の甲に触れられ、伏原は自分が吉岡の袖をきつく摑んでいることに気づく。袖を摑むばかりか、吉岡の方に身を寄せていた。慌てて吉岡から離れる。

「燃え種って、火種はあるのかよ」

できうるように普段通りであろうと内心で自分に言い聞かせつつ、伏原は吉岡に訊ねた。

「あるよ、ほら」

吉岡がポケットから金属製のオイルライターを取り出して火を着けた。そういえば吉岡は喫煙者だった。

「……あんた、車では吸ってなかったよな」

長い道中、吉岡が煙草《タバコ》を咥《くわ》える姿を伏原は見た覚えがない。

「だって伏原君、煙草嫌いでしょ」

「……」

伏原は背中に当たった壁に寄りかかり、溜息《ためいき》をついた。

「本当、あんたのそういうとこ嫌い」

「何でさ」

そこで笑うところも、伏原が吉岡を嫌いな理由のひとつだ。

「吸いたければ吸えばいいだろ、俺は元々あんたが嫌いなんだし、これ以上嫌いになりようがないし」

「伏原君が僕のことだけ嫌いなのは、どっちかっていうと嬉しいんだけどね」

「は？」

何を言っているんだこいつは、という目で吉岡を見遣りつつ、伏原は「そういえば、そうかもしれない」と内心思ってしまった。

誰のことにも等しく興味が持てない。誰に何を言われても響かない。なのに、そんな自分が、吉岡のことだけにはどうしても揺らいでしまう。

そういう自分を見抜かれることが、伏原には何か途方もなく、不安だ。

「生きてる人間を相手にする時は誰が相手でもどーでもいいわって顔してる伏原君が、僕にだけキャンキャン文句言うのは可愛《かわい》らしいし、光栄だって話よ」

「何言ってんだ、あんた？」

呆れきったような態度に見えてほしいと願いながら、伏原は吉岡から目を逸《そ》らした。不安を見透かされたくはなかった。

「十把一絡《じっぱひとから》げの扱いよりは、嫌われてても特別なのが嬉しいな、っと」

パチンと音を立てて吉岡がライターの蓋を閉め、辺りが真っ暗になる。

「それはそれとして、煙草を吸うのは嗜好《しこう》もあるけど、どちらかと言えば必要に駆られてだから。魔除《まよ》け代わりにね」

「ああ……不浄のものは煙を嫌うってやつ」

「うん。とりわけ僕の煙草は特別なお浄めを受けていて、その辺のコンビニとかスーパーでは扱ってないやつだから」

吉岡が普段持ち歩いているのはその辺のコンビニエンスストアでよく見るようなパッケージだった気がするが、中身はただの煙草ではないということらしい。護摩木《ごまぎ》を焚《た》くようなものなのか。

「ともあれ僕は燃やせそうなものなんかを探しに行くけど、伏原君はどうする？」

「……俺も行く。ここで別行動する方がバカだろ」

「それはそう。じゃ、行こうか。首尾良くバケツなんか残ってくれてるといいんだけど」

ペンライトで行く先を照らし、吉岡が廊下を歩き出す。伏原もそれについていった。

「バケツは掃除用具入れとか、水飲み場ってあたりかな」

「……」

「解体前提なら、最悪木材を失敬しちゃってもいいかな。一応玄翁は持ってきたし」

「……」

「で、伏原君、そうやってぎゅうぎゅう抱きついてくれるのは嬉しいんですが」

自分の腕を摑むというよりしがみついている伏原を見て、吉岡が首を捻《ひね》っている。

「何で君、そんなにビビっていらっしゃる？」

不思議そうに問われても、伏原はもう吉岡から離れる気が起きない。

「あんたはどうして全然怖がってないんだよ……」

「いや、だって僕も君も、幽霊屋敷なんて初めて来たわけでもあるまいし」

「民家はまだよかったけど……学校とか、怖すぎる……」

「何でまた。会社とか、役所が苦手なのと同じこと？」

「……いや……それとも違う、ような」

「何だろうね」

吉岡は怪訝《けげん》そうだが、伏原自身、予想外だった。

最初にこの小学校に足を踏み入れた時から、言葉にし難《がた》い不安というか、不快感があった。それは別に、もしかしたら七人もの子供の霊がいる場所かもしれないという怖れでも、実際その気配を感じ取ったがゆえの警戒でもない。

伏原は単純に、学校という場所が嫌なのだ。

「ここまで怖いなら、依頼断ってもよかったんじゃない？」

「俺だって、こんなふうにまでなるとは思わなかったんだよ。学校なんて高校卒業以来来たことないし……」

「僕は伏原君にひっつかれてる分には構わないけど。怖いなら、やっぱり入口のところで待ってて——いや、嘘《うそ》、嘘。いいよ、一緒に行こう」

ここでひとりにされたら、怖《おそ》ろしすぎて吐きそうだ。さらにがっちりと腕を摑む伏原を見てその内心を察したらしく、摑まれているのとは逆の手で、吉岡が伏原の頭を撫でてくる。今の伏原には、それを振り払う気も起きなかった。

「ずっと自分が死ぬのなんて怖くないって顔してる人が、本当、何をそんなに怯えてるんだろうね」

あちこちをペンライトで照らしながら歩く吉岡が、ぽつりと呟く。

独り言なのか、伏原に聞かせるためなのかは、その響きからではわからない。

（そんな顔をしてるのか、俺は）

まあ、しているだろうなとは思う。

実際、いつ死んだところで構わないと、ずっと思っているのだから。

「死んでもいいけど痛いのは嫌、ってこともあるだろ」

「そういうもの？　実際怪我でもして痛みを感じる前に、その痛みを怖がるって感覚が、僕にはわかんないんだけど」

「……俺にもあんたがわかんねえな……」

伏原は、この小学校ほどではないとはいえ、本当は露木邸だってそれなりに怖かったのだ。

（あの時、完全に日が落ちるまで露木も和俊《かずとし》も出てこなかったら、逃げ出してた）

吉岡の言うとおり、伏原は死ぬこと自体は怖ろしくも何ともない。むしろ幽霊と寝るたび、悪夢を見て目覚めるたびに「また生き延びてしまった」と、懲りもせず落胆するくらいなのだから。

けれども、それとは関わりなく、暗闇は怖い。

眠るのも怖い。眠りに就く直前の、奈落の底に落ちるような感覚が毎日怖い。だから寝酒が手放せない。

寝ている間に死ねたらいいのになと割合本気で願っているのに、暗闇に吸い込まれるのが――ひとりで死ぬことが、怖ろしくて仕方がない。

（そうか。ここがこんなにも怖いのは、暗すぎるせいだけじゃなくて……あの頃のことを思い

出すからか）

小学生の頃。伏原は人生でもっとも、辛い体験をした。

どうしてあの時死ねなかったのだろうと、十年以上、その時のことを悔やんで悔やんで悔やみ続けるほどに。

「猥談《わいだん》でもする？」

その時のことを思い出しそうになり、暗がりで俯いた自分が前を向いているのか後ろを向いているのかすらわからなくなった頃、不意に吉岡がそんなことを訊ねてくる。

「は？」

「怖いならさ。ほら、エッチな話で霊が追い払えるって言うだろ」

ペンライトのささやかな光に浮き上がる吉岡の顔は、笑っている。それを見上げて、伏原は呆れた。怯える自分を元気づけるための冗談なのはわかったが、内容がバカすぎる。

「あんた、依頼相手にそんなアホみたいなこと言うなよ？　仕事来なくなるか、頭から信用されて依頼人が恥かくことになるぞ」

「いやこれが結構効果あるんだよ。前もこんな感じで閉じ込められた時、一緒にいた人と猥談してたら、途中で合いの手が増えたなと思ったらそこに棲み着いてた霊で」

「いいよもう、変な励まし方しなくても」

悔しいながら、伏原からは先刻ほどの怯えが消えてしまっていた。吉岡の話題のチョイスがうまくいったということだろう。

「おかしな男だよな、あんたも」

「誠実な男だって見直してほしいんだけどな、僕としてはさらに君を怖がらせて抱きついてもらうラッキースケベを堪能《たんのう》できる状況にあったのに、君が怖がってる方が嫌だから、あえてアホみたいなことを言って場を和ませたわけで」

「そこをアピールしなけりゃもっとよかったんじゃないか」

「だって声高に言わないと伏原君はスルーするだろ。君にはあんまりこう、恋愛の駆け引き的なものは通用しない気がするし」

「だからアホなこと言ってないで、早くバケツでも木材でも探せよ」

「ほらねー」

　会話するそばで、ちょうど水道の片隅にぽつんと置かれたまま残されているバケツを見つけた。吉岡がそれを拾い上げ、水道の向かいにある教室へと足を踏み入れる。

　部屋の片隅には、小さな机の上に逆さの椅子が載せられたものが十組ばかりまとめられていた。廃校になるにあたって片づけたのか、そもそも使われていなかったのか。

　床よりも一段高くなった教壇の上に、教卓が倒れていた。年季を感じる木製の教卓は脚が折れている。吉岡はどこからか玄翁を取り出すと、迷いなくそれを破壊に掛かった。施設内のものは自由に使っていいと許可を得ているとはいえ、あまりに躊躇《ちゅうちょ》がない。

ガンガンと大きな音が立ち、伏原は耳を塞ぎながら辺りを見回した。

「いきなり現れた怪しい男が教室破壊して、子供たちが怒ったりしないだろうな……」

「伏原君、ライト持ってて」

吉岡はいるかもしれない霊の反応を気にするふうもなく、伏原にペンライトを託すと、枯れ枝でも折るように教卓の脚やら板やらを引きはがしている。相変わらずの膂力《りょりょく》というか、馬鹿力だ。

「お、丁度いい、紙も入ってる」

教卓を解体し終えると、吉岡はそれをまとめて両腕で抱え、伏原もバケツを預かって、ペンライトで足許を照らしつつ昇降口の方へと戻った。

伏原が適当な場所にバケツを置くと、吉岡が教卓の残骸と残されていた紙をそこに突っ込んで、ライターで火を着けた。


どうにかそれらしい焚き火を作ることに成功して、温かさというより、明るさの面で伏原は少しほっとした。

息を吐き出しながら廊下の壁を背に床へと腰を下ろした伏原の隣に、当然のように吉岡も座る。

「くっつきすぎ」

「寒さを凌《しの》ぐならくっついてた方がよくない？　伏原君も安心だろ」

「それはそうだけど……」

だが確かに、身を寄せ合っていれば多少は怖さも紛れる気がするので、伏原はそれ以上文句を言わずにおいた。

「……あんたは本当に、全然怖くないのか。というか、怖い目に遭ったこともないのか？」

吉岡が取り乱す様子を、伏原は出会って以来一度も見たことがない。大抵悠然とした笑みを浮かべて、たとえ霊障に襲われても「危ない危ない」と口では言いつつ、本気で焦っている感じもしないのだ。先日の露木邸で和俊に襲われた時が、今まで最大に慌てていたというくらいで。

「無許可で忍び込んだ先で、見つかったら最悪撃ち殺されるかも……みたいな状況の時は、さすがに緊張はしたかな」

「いや、どういう状況？」

「今は依頼を受けて許可をもらって『墓荒らし』をしてるけどさ。こういうのを商売にしようと思う前、会社員だった時代に海外出張の途中で、思わぬ遺跡に迷い込んだ時なんかに」

「何の仕事してたら遺跡になんて迷い込むんだよ」

「道路を作ったり橋を作ったり電車を通したりする事業の仲介とか」

一度も働いたことのない伏原にはぴんとこないが、そんな仕事もあるらしい。

「そういう仕事をしてる時、初めて怪異らしい怪異に遭遇したんだ。それまでは、オカルト関連なんて正直鼻で嗤《わら》っちゃうタイプの人間だったんだけどね。うんと幼い子供の頃だって、周りでそんなのに熱を上げるような友達もいなかったし」

バケツの中に教卓の切れ端を投げ入れながら、吉岡が言う。

「……あんたは子供の頃から見えたり壊せたりしたわけじゃなかったのか」

「はっきり知覚したのはその時だよ。呪術師に呪殺されかけた時」

「呪殺？」

突然出てきた不穏な言葉に、伏原は眉を顰める。吉岡が頷いた。

「そう、呪い殺されかけたの。あの時はアジア方面に新しい橋を建てるプロジェクトがあって、現地の職人やら資材やらの手配を任されてたんだけど、開発を嫌がる人たちに呪われちゃってさ」

「呪われちゃってさ、って、そんな軽い……」

「生まれてこの方、怪我も病気も経験なくて、些細《ささい》な風邪すら引いたことがなかったのに、三日三晩高熱で魘《うな》されるわ、謎の斑点が全身に浮かぶわ、上から下からいろんなものを垂れ流しまくるわで完全に死にかけて。自分ではどうすることもできないままただ苦しくて、あれはもう、またとない経験だったなあ」

「え、本当に呪術だったのか？　伝染病とかじゃなくて？」

怨霊の呪いはともかく、生きた人間が同じく生きた人間に対して行う呪術の類は伏原の専門外だ。話に聞きはするものの、にわかには信じ難い。吉岡の軽すぎる口調のせいも大きいのだろうが。

吉岡が深く頷く。

「医者にも匙《さじ》を投げられたんだけど、取引相手で僕を気に入ってくれてた人が、呪術師って人を連れてきてくれてさ。呪われてるみたいだから呪詛《じゅそ》返しをしなければ死ぬって言われたから、死ぬくらいなら何でもやってやろうと思って、這《は》うようにして相手の家に乗り込んで、呪詛に使ってた捧《ささ》げ物だの髑髏《どくろ》だのを叩き壊したんだよ。そうしたら、こう、急に体が楽になって……今までにない爽快感とか多幸感とかに襲われて……あれが伝染病なんかでたまるものかってね……」

吉岡が小さく身を震わせている。どうやらその時の感触を思い出し、ぞくぞくしているようだった。

伏原は何となく、吉岡から拳ひとつ分ほど距離を空けた。

「生きてる、って生まれて初めて感じたよ」

「これ、俺どうやって相槌打つべき……？」

「あと世の中には理屈や計算を無視した、少なくとも現状ではそれが解き明かされてない怪異っていうものがあることを知って、本当に、人生がひっくり返ったっていうのかな。もう会社なんか行ってる場合じゃないって、動けるようになってから帰国して、即辞表出した」

「いくら何でも即決即断すぎないか」

「だからね伏原君、僕は、怪異が大好きなわけ」

「そ、そう」

他にどう返していいのかわからない。伏原はただぎこちなく頷いた。

「当時いた婚約者に正直に自分の経験したことを話したら、医者を薦められた後、向こうから婚約破棄を申し渡された」

「まあ、そうだろうよ」

この男に結婚まで約束した相手がいたというのに驚いたが、こうなるまではまともだったのかもしれない。だとしたら吉岡なんて、ただの高学歴のイケメンだ。

「おかげで身軽になったから、あちこち霊能者とか拝み屋とか、悪魔祓いとか憑き物落としとかいう人たちに片っ端からコンタクト取ってみたんだ。自分もそういうものに関わっていきたい。そうする時が、『生きてる』って気分になれたから。でも自分には際立った霊感らしい霊感がないことを知って、ものすごくがっかりして……」

がっかりした、と言っているのに、吉岡の表情はむしろ晴れやかなのが、伏原にとってはまったくもって謎だった。

「あれこれ試した末に、霊感は鈍いけど、鈍いが故の利点があるって気づいたり、物理でぶっ壊せば何とかなるってことも学べて、嬉しかったな。ままならないことを努力や智慧《ちえ》で切り拓《ひら》くのってものすごく爽快だよね。世界が変わるっていうのを体感した。あれからもう毎日がきらきらと輝いて見えて、何でもいいからもっと怪異に触れたい一心で、古物商って仕事を思いついた瞬間も最高だった」

「想像も理解もできないな。せっかく見ずにいられたものを見て喜べるとか」

「まあ識者に言わせれば、見えてたのに見えないと思い込んでただけってことらしいけど。人が都合の悪いものを見ないのなんて、霊に限らずよく聞く話だからね」

「……そういうもんか」

パチパチと爆《は》ぜる赤い火花を眺めながら、伏原は曖昧に頷いた。

「だから『ある』と認識した瞬間、それらが自分の中で鮮やかに現れた瞬間は、こう、今思い出してもゾクゾクする。アハ体験ってやつ？　あの感じが欲しくて、ずっと探してるのかもしれないな」

隣から視線を感じて伏原が何となく目を向けると、吉岡が、こちらを見て笑っている。

「で、最高の素材を見つけましたと」

煌煌しい吉岡の笑顔が正視できず、伏原は腕で相手の体を押し遣った。

「だから人を曰く付きの骨董品扱いするなよ」

「骨董品なんてとんでもない、オカルトの体現みたいな伏原君は僕にとっては国宝どころじゃない逸品だよ」

「全然口説かれてる気がしないんだよなあ」

さらに吉岡から距離を取りつつ、伏原はゆるく頭を振る。

「本当、あんたは最初っからそういう……」

呟きつつ、伏原は吉岡と初めて出会った時のことを思い出してしまった。

かれこれ三年前。伏原は人から頼まれて未練を残した霊の元へ行き、いつも通り相手と『心中』した。恨みを残して成仏できない霊に近づき、一緒に死のうと誘惑して、抱き合って眠った。そしてやはりいつも通り自分ばかりが目を覚まし、抱き締めていたはずの冷たい体は綺麗《きれい》に消え失《う》せ、心の底から落胆していたところで吉岡に声をかけられた。

『君が心中屋の伏原真希《まさき》君？』

考えてみれば、伏原が自分がそんな二つ名で呼ばれているのを知ったのはその時だった。他の霊能者の類とほとんど交流がないし、面と向かって陰口にも等しい名前を呼ぶ失礼な人間なんて、それまで出会ったことがなかったのだ。

『……あんたは誰、葬式屋？』

それに腹を立てたというわけでもなく、見たままの感想として伏原は吉岡を見上げて訊ねた。

激務のせいで心身共に病んだ挙句に自宅で孤独死した四十代の独身男性が、自分が死んだことに気づかず夜な夜な残業を続けているという、オフィスビルの一角だった。

机や椅子の立ち並ぶ無人のはずの部屋は、伏原のために明かりがつけられていて、だから暗い色のスーツを着た吉岡の姿はよく見えた。とはいえ寝起きだったせいで視界が霞《かす》み、濃紺かグレーだったはずのスーツもネクタイも真っ黒に見えた。葬式屋、と連想したのはそのせいだ。

『いいや。死神だよ』

笑って答えた吉岡にみとれたのは、そのモデルばりに整った容姿のせいではなく、ただ、『死神』という言葉の響きのせいだったと思う。

ああ、やっとだ。やっと来てくれたんだ。

そう思ったら、伏原は笑みを零さずにいられなかった。

『よかった』

微笑《ほほえ》んで死神の方に手を伸ばした伏原に、吉岡は少し驚いた顔をしたかもしれない。正直よく覚えていないが。

「初めて伏原君見た時、死んでるのかなと思ったんだよね」

記憶ではなく、現実の吉岡の声が隣から聞こえた。いつの間にかまた腕が密着しそうなほど近い場所に戻っている。

「ああ、またやっちゃったかな、死神の面目躍如かなって」

「死体見つけて喜ぶなよ」

伏原の方は死にきれないことを悔やんでいたのだから、皮肉なものだ。

「幽霊に会いに行ったり呪具を回収しに行ったりしたつもりが死体見つけちゃうとか、事件の痕跡見つけちゃうとか、ちょいちょいあるんだけどさ」

さらりと言う吉岡には、「さすが死神……」としか感想が出てこない。怪異のある場所には危険と事件と死体がつきものとはいえ、吉岡ほどそういったものと遭遇する男もそういないだろう。吉岡自身の名前は出なくとも、新聞沙汰やら週刊誌沙汰になったことも、伏原の知る限り一度や二度のことではない。

「でもこんなに綺麗な死体があるんだなって、ちょっと、感動してた。何かこう肌とか透き徹《とお》るようで、ものすごい安らかっていうか満たされた顔で目を閉じてて、もうこのまま宗教画にでもなっちゃいそうだなってくらい。正直感動のあまり泣きそうだった」

「どういう感想だよ……」

あの時吉岡の方はそんな感慨を持っていたのかと、伏原は内心で動揺する。

伏原の目には、不貞不貞しいほど落ち着き払った態度にしか見えなかったのに。

「いっそこのまま持って帰っちゃおうかな、怪しいものは持ち帰っても壊してもいいですって依頼だったし……って思って落ちてる死体を回収しようとしたら、伏原君が目を覚ますから」

「ガッカリしたって？」

死体じゃなくてガッカリなのはお互い様だ。伏原が皮肉っぽく口の片端を持ち上げて笑うと、吉岡は、「とんでもない」というふうに首を横に振った。

「さらに感動した。死体が甦《よみがえ》ったような奇蹟《きせき》を間近に見て——というか、『心中』で一度死んだ君が目を覚ましたってことなら、実際甦りの場に立ち会ったんだろうな」

その時のことを思い出しているかのように、吉岡は熱っぽい、どこか陶然とした表情になっている。

「……こっちは目なんて覚ましたくなかったのに」

「あの日は伏原君と現場がかち合ってることは知らなかったのに、ああ、これが噂の『心中屋』だってすぐに気づいて、ますます感動だ」

伏原の呟きは耳に届かなかったのか、相槌も打たずに吉岡が続ける。

「幽霊と寝てるだの幽霊と心中するだの話には聞いてたけど、眉唾物だと思ってたし。だって普通、霊と情を結べば取り殺されるだろ。でなくても、新たな未練になって、成仏なんてしてもらえないか」

霊に心を寄せたり、ましてや身を預けるなど、霊能者としては三流だ。親身になって説得し、『上がれる』ように導くことができるのは一流、有無を言わせず力尽くで除霊するのが二流。三流は吉岡の言うとおり、除霊するはずの相手に取り殺されることも珍しくない。

「なのに実際そこにいたのはこれだもん。好きにならないはずがなくない？」

手袋を塡めたままの吉岡の指が、無造作に結んだ伏原の後れ毛を掬《すく》う。伏原は眉を顰めて相手を見遣った。

「何だこれ。結局口説いてるのか？」

「いやそれ以外に何だと思ったのさ。口説かれてる気がしないって言うから、真摯に気持ちを伝えようと」

「そもそもこういう場所で口説こうとするのが、嘘臭いんだって」

暗闇で盛り上がるなら星の見える公園とか、穏やかな波音のする浜辺とかではないのだろうか。少なくとも、小学生の霊が出るという不気味な廃校ではないはずだ。

「僕としては心がときめく最高のシチュエーションなんだけどな」

「あんたとまともに話をしようとするだけ馬鹿馬鹿しいってのは嫌ってほどわかったよ」

「ケンカしてるの？」

大きく溜息をつきかけた伏原は、耳許であどけない、心配するような男の子の声を聞いて、逆に短く息を呑《の》み込んだ。

「仲直りしなくちゃだめだよ」

温かな風が首筋を撫でる。

伏原が振り返った時には、暗闇の向こうにパタパタと小さな足音が遠ざかっていくところだった。

「――吉岡」

伏原は音の消えていく方へ顔を向けながら、吉岡の袖を摑んだ。

「うん？」

「いた。話しかけてきた」

「あれ？　本当？」

吉岡はまったく気づかなかったのだろう。意外そうな顔で伏原と同じ方を見て、床から腰を上げた。

「出ちゃったなら、仕事しないと」

「でもあんた、荷物も何も車の中だって」

「これひとつでどうにかなるから、割と」

吉岡が背中に手を回し、玄翁を取り出した。

「子供たちの未練をぶっ壊してあげよう。本当は遺族やら関係者やらに話を聞いてから慎重にやりたかったけど、相手からコンタクトを取ってきたんならもう見つかってるし、さっさとすませた方がいい」

「朝になるのを待った方がいいんじゃないのか」

「それまで焚き火が持たない。また燃えそうなもの仕入れるためにここを離れるなら、どうせ一緒だろ？」

あまり考えたくないので気づかないふりをしていたが、校舎の中は冷えていく一方だ。冬の終わりの廃校舎で一晩過ごすのか——と考えたら、伏原もその場から嫌々ながらに立ち上がるしかなかった。

「ああ、雨、大分止んでるね」

廊下の窓から外を見て呟いた吉岡の声に釣られ、同じ方を見遣った伏原は、そのタイミングでぎゅっと手を摑まれて驚いた。

怖い、と言った自分への配慮なのだろうか。いっそ「怖いなら手を繋《つな》いでいてあげようか？」とからかい気味に言ってくれれば、そんな必要はないと突っぱねられたのに。

伏原は吉岡の手を振り払うでもなく、かといって握り返すわけでもなく、ただされるがままになっておいた。


「子供たちがいる、って噂されてるのは二階、校門側から三つ目の教室だね。在校生全部が授業を受けていたっていう……何で学校なんだろうな」

歩きながら言う吉岡の言葉は、最後の方だけ伏原に聞かせるというより、自問のような響きになった。

伏原は隣の吉岡を見上げる。

「何でって？」

「小学生くらいの子なら、親元に帰りたいものじゃないのかと思って」

「……ああ。そういうものか」

「七人全員がここにいるかはまだわからないけど、町の人が見かけた人影はそれくらいはいたっていうし、少なくともひとりだけ家に帰れずここで彷徨ってるって感じじゃない気がするんだよ」

伏原が校門のところで聞いた笑い声は、少女のものだった。そしてつい先刻聞こえた「ケンカしてるの？」という囁《ささや》きは少年のもの。少なくとも二人はいるのだろう。

「学校生活がよほど楽しかったとか……？」

「そうだな、児童数が少ないなら、全員友達というかもはや家族みたいな関係だったってことはあるかもしれない」

ただ、と吉岡が言を継ぐ。

「それでも、わざわざ学校に戻ってきたっていうのがちょっと気になる」

「学校に戻って……ああ、そうか、全員死んだのは校外か。遠足の途中で事故に遭ったんだから」

「そう、なのに家に戻らず学校に居続けるのは何でかなって。経験上、十にも満たない子供の場合、恨み辛みを募らせて現世に残り続けるっていうよりは、自分が死んだことがわからずに普段と同じ行動を取り続けて、結果的に土地に囚われているように見えることの方が多い」

「まあ……そうだな」

それは伏原も同感だ。しかも今回の場合、ほとんどの子供が即死だったらしい。

「だったら余計、帰るべき場所は、学校じゃなくて両親のいる自宅じゃない？」

「……帰りたくなるような親がいる場所じゃない、とか」

「うーん、ひとりだけならそれも考えられるんだけど、全員がそれっていうのはな」

話すうちに廊下の端まで辿り着き、伏原は吉岡と揃って階段を上った。吉岡の左手はペンライトを握り、右手は伏原の手を握ったままだ。

大人しく吉岡に手を取られたままの伏原が階段の窓から見遣ると、外は強い風が吹きつけているが、やはり雨は大分収まったように見える。

「あの教室だね」

二階に上がり、吉岡が教室のひとつにかけられた表示札をライトの明かりで照らす。『みんなの教室』とマジックで手書きされた木札は随分古びて見えた。ここが児童全員がいっぺんに授業を受けていたという教室なのだろう。

吉岡が教室前部のドアを開ける。鍵はかかっていなかった。

「ああ、ここは……大体そのままなんだ」

足の折れた教卓があった教室とは違い、ここは机椅子も七つそのまま並べられていた。壁にはプリントがピンで留めてある。黒板の文字も残っていた。かなり時間が経っているのに、全体的に薄れ、ところどころ消えてはいるものの、まだ文字は読み取れる。黒板に大きく書かれているのは、青いチョークで男児の名前、赤いチョークで女児の名前。堀口に渡された新聞に載っていたものと同じ名前が七人分だ。おそらく事故の後、学校関係者か遺族が書いたのだろう。几帳面《きちょうめん》な、丁寧な筆跡だから、教師のものなのかもしれない。

教室後方の小さな黒板にも文字が書き付けてあった。こちらは拙い文字でひらがな交じりの名前と、『日直』『お花係』『いきもの係』『こくばん係』などが表の中に書かれている。そして八年前の日付も。

おそらく消すに忍びなくて、そのまま残されているものなのだろう。

「これは、何だろ？　何係って書いてあるんだ？　ひゃく……」

吉岡がその黒板の方に近づき、手を取られたままの伏原もそちらへ歩み寄る。書かれた文字を見て首を傾げていた。他の文字は掠《かす》れても想像で補えたが、見慣れない単語に伏原も首を捻る。

「ひゃく…そう……？」

「そういう係ってあったっけ。もう小学校時代の記憶なんて怪しいからわからないな」

そう言って、吉岡があちこちライトを照らしつつ教室の中を見回す。

「というか、ここにはいないよね」

「ああ、特に、気配がない」

伏原はそっと吉岡の指から自分の手を引き抜き、窓の方へと近づいた。カーテンもおそらく当時のまま外されていない。もしかしたら人影に見えたのは、窓の両脇に残された白いカーテンや暗幕の影だったのではないだろうか。

窓に手をかけてみると、砂埃でガリガリと引っ掛かる音はしたが、難なく開いた。

そして雨がどれくらいの降りになっているのか確認しようと、伏原が手を外に差し出した時。

「ねえ『ひゃくようそう』の当番。水曜日はカナだよ、ちゃんと、記録してね」

また少女の声が耳を掠った。昇降口附近で聞いたものより、もう少ししっかりした口調だった。

「……」

黒板の方を振り返る。すでに日は落ちているようだが、雨雲の隙間から月が見えていたおかげか、うっすらと黒板に書かれた文字の中に、「叶子《かなこ》」という名前があるのが辛うじて読み取れた。

「伏原君?」

「『ひゃくようそう』」

「ん?」

「ひゃくようそう係。何のことかはわからないけど、そう言ってた」

「言ってたって……ああ、また、いたのか」

今度も吉岡には聞こえなかったようだ。伏原はたった今聞こえた言葉を、吉岡にも伝える。

「今日はたしかに水曜日……で、ひゃくようそう——あ、そうか。『百葉箱《ばこ》』か」

「何？」

「なるほど、さっき森の中にあったな。ほら、鳥の巣箱よりもずいぶん大きい、足のある箱」

「そういえば……そんなのが、あったような……？」

校舎に入る前、校舎の片隅で見た森を、伏原は思い出す。たしかに白いペンキで塗られた、木の枝に括られていたものよりもはるかに大きな木箱が置いてあった気がする。こんなに大きな鳥が出入りするなら人影と間違えても無理はないと、頭の片隅で思っていた。

「巣箱じゃなかったのか、あれ」

「中に温度計とか、気圧計とか、湿度計とかが入ってるんだよ。理科の授業なんかで、気象観測に使うんだ。古いやり方だから正式な観測方法ではなくなってるけど、小学校ではいまだに使われてるらしいね。ひゃくようばことか、ひゃくようそうって言う」

「へえ……」

伏原の通っていた学校にはなかったか、昔すぎて覚えていないか。とにかくこの小学校にも、その百葉箱とやらがあるらしい。

「曜日ごとに交代しながら、みんなで観測記録をつけてたのかな。ほら、これ」

吉岡が、壁に貼られた大判の紙をペンライトで照らす。プリンターで印刷したものらしくインクはかなり褪《あ》せているが、写真と子供の手書き文字で構成されているようだった。目を凝らしてみると、どうやら老朽化した百葉箱を児童たちが修理して、ペンキを塗り直して、保護者や町からの寄付により新しい計測器を取りつける過程をまとめたものらしいことがわかる。

「『みんなで直した百葉箱、最後まで大事に使いましょう』――かな」

掠れた文字は、たしかに吉岡が言った通りの言葉に読み取れる。

「長く使われてボロボロになってたのを、この子たちで頑張って修繕したんだろうね。で、『最後まで』っていうのは、廃校まではってことかな」

「じゃあ、記録するのが目的っていうよりは……」

「みんなで大事に、っていうのがメインだったんだよ、きっと。いずれなくなってしまう学校の、思い出作りに」

「……それが未練、か」

「想像だけどね。なるほど校庭に現れるっていうのも、遊びたいからじゃなくて、百葉箱を見に来てたのかもしれない」

吉岡が、伏原が開けたままだった窓に近づき、身を乗り出すように校庭の方を見た。

「雨、止んだね。もう一回あそこに行ってみようか」

気が進まないながらも、伏原は頷いた。どうやら笑い声や囁き声を残すばかりの供の霊はあまり害のない印象だし、百葉箱が子供の未練の原因だとしたら、それをたしかめなければならない。

廊下に出た時、吉岡がまた自然と手を繋ごうとしてきたが、伏原は気づかないふりでするりと避けた。いざ子供の霊がいるらしいとわかったら、あまり怖くなる。というより、いい歳《とし》をした男がいい歳をした男に手を引いてもらって歩く姿を、子供たちに見られると思う方が、よほど抵抗があった。

（まだ何か、不安と言ったら不安だけど……）

伏原には、自分でもなぜこの場所がこんなに嫌な気分になるのか、よくわからない。他の現場でも怖い時は怖いとはいえ、もっと別の理由がある気がするのだが。

（……まあいい、何だかあんまり、考えたくない）

考えるほどに嫌な結論が出そうだったので、伏原は強引にそこから目を逸らした。

階段を使って廊下を下りると、バケツの火はまだ燃えていた。他に燃え移りそうなものもないので、そのままにして外に出ることにする。

まだちらほらと糸のような細い雨は降っていたが、気にならない程度だ。空気はかなり冷えていたが、天候のせいなのか、それ以外の理由なのかやはり区別はつかない。伏原がモッズコートのフードを頭から被《かぶ》ったのは、寒さを凌ぐためよりも、また耳許で急に子供の声が聞こえたらと思ったせいだ。

「足許ぬかるんでるから、気をつけてね」

校庭に足を踏み入れた時、吉岡がまた伏原に手を差し出してくる。伏原もまた、それを無視した。

「あんたこそ、高そうな革靴履いてるんだから、みっともなく滑らないように気をつけろよ」

伏原の方は量販店で買った安物のスニーカーだ。ぬかるみに突っ込んでも悔いはない。

吉岡が残念そうな顔で頭を掻《か》いていた。

「うーん、ちょっと懐いてくれたかなと思ったんだけど」

「人を犬猫みたいに言うな」

ぐちゃぐちゃと音を立てながら、伏原は校庭を突っ切り、遊具や森のある方へと向かう。一歩進むごとに、首筋や背中の産毛が逆立つ感じがした。間違いようなく『いる』。

「あー……」

立ち止まった吉岡が妙な声を漏らしたのを聞いて、伏原は彼にもあれが見えているのだとわかった。伏原も足を止めて、森の方を見遣る。

木々の隙間から、白くぼんやりと佇《たたず》む小さな影がいくつもあるのが見えた。

子供の影だ。

（……嫌な感じはするけど。生きた人間じゃないから本能的に拒否感が湧くだけで、あれはそ

んなに悪いものじゃない）

子供の影は、白い木箱を取り囲むように立っていた。ちょうど七人。身長差はあれど、全員小さな子供だ。

（あれが百葉箱か）

やはり鳥の巣箱のようだったが、ずいぶん大きいし、穴も開いていない。四方が簾《すだれ》状になっていて、足が四本ついている。

子供の影は、十数メートルの距離まで近づいた伏原たちに気づくこともなく、百葉箱の方を覗き込み、何か踊るように手脚をぶらつかせながらぐるぐるとその周りを回っている。

「何やってるんだろ？」

吉岡が小声で伏原に訊ねる。さあ、と伏原は首を捻った。不気味ではあるが、彼らの意識がこちらに向いておらず、悪意も感じられないので、まるで怖くない。

「観測したいのに扉が開けられなくて、困ってるとか？」

吉岡が言う。たしかにそんなふうな動きにも見える。

「ちょっと見てみよう」

吉岡が足を踏み出すと、水音に気づいたのか、子供たちがサッと一斉に振り返った――感じがする。どれも顔がなく、形も曖昧だ。弱々しい白い靄《もや》でしかない。

（放っておいても消えそうだけど……）

儚《はかな》い存在に見えるのに、だが、それが八年も保たれたままだということに伏原は引っ掛かった。

（それに、学校から出られないようにするほどの力があるようにも見えない）

解体工事を嫌がって重機にいたずらをするくらいはまだわかる。だが、広い敷地全体の行き来を阻むなど、悪霊のやり口だ。この優しい、悲しい霊たちに、そんなことができるとは、伏原にはどうしても思えない。もっと強い妄執のようなものがなければ。

吉岡はじりじりと子供たちに近づいている。弱い存在であれば、吉岡が近づくだけで消えてしまうはず。

「あっ」

子供の中で、一番背の高い影が、真っ先に吉岡に気づいた。一瞬怯えたように身を竦《すく》ませたかと思うと、他の影を庇《かば》うように両手を広げた。

「おじさん、誰。来ないで」

はっきりと聞こえた声に、伏原はつい噴き出しそうになってしまう。

「子供の霊に怖がられてるじゃないか、あんた」

「ええ……そりゃ小学生に二十六歳はおじさんかもしれないけど……」

吉岡がショックを受けたような声を漏らすもので、伏原はますます笑いを堪《こら》えるのに苦労させられる。

「俺がやる。あんただと吹っ飛んじゃうだろ」

いずれにせよ存在を消し去らなくてはならないとしても、せめて子供たちの未練である百葉箱の観測をさせて、満足の上で浄化されてほしい。そう思って、伏原は吉岡を押し遣り、百葉箱の方に近づいた。

吉岡を前にした時は怯えるように後退《あとずさ》っていた白い影たちは、伏原を見上げ、大人しくその場に佇んでいる。

「そりゃね、どうせお迎えが来るなら死神おじさんなんかより、綺麗なお兄さんの方がいいだろうからね」

「何拗《す》ねてるんだよ」

ブツブツ言う吉岡の手には玄翁が握られている。これを見て怖くない子供がどこにいると言うのか。

「そいつは気にしなくていいから、大丈夫。今開けてやるからな」

伏原はできるだけ優しい声音で子供たちに呼びかけた。

七人の子供たちは、顔を見合わせるような動きをしたかと思うと、ふらふらと、今度は百葉箱ではなく伏原を取り囲むように近づいてきた。再び顔を見合わせ、こそこそと小声で話し合っている感じだ。

何をしているのか伏原にはわからなかったが、とにかく百葉箱を開けてあげようと、その前にまで近づく。

が――。

「何だこれ？」

側面のひとつがドアになっているのだが、そのドアの金具に南京錠が取りつけられている。それも一つではなく、三つも。

どころか、よく見ると角をL字金具などで補強した上、その金具にも鍵がついている。すべて上から白いペンキが塗られ、遠目にはそんな鍵がついているなど、わからないようになっていた。

「百葉箱って、こうまで強固に鍵なんてかけるものなのか？」

「うん？」

少し離れたところに立っていた吉岡が百葉箱の方に近づくと、白い影がまた警戒したように距離を取り、伏原の方へと身を寄せてくる。

「何だろうね、さっきは全然気づかなかった」

百葉箱に外から取りつけられた金具や鍵を見て、吉岡は怪訝そうな顔をしていた。口調からしても、やはりこんなふうになっているのは異常なことなのだろう。

吉岡がライトで百葉箱を照らしながら身を屈《かが》めて箱を眺め、伏原もさらにあちこちを調べてみた。鍵は計十三個。執拗《しつよう》に閉ざされている。これではどうやったって中を見ることはできない。

「霊体だから、現実のものを開けられずに困ってるのかなと思ってたんだけど……」

振り返ってみると、子供たちの白い影は、全員身を寄せ合ったまま伏原たちを見ている。

「これはもう百パーこの中にヤバいものが入ってる流れじゃない？」

屈めていた体を起こし、百葉箱に触れながら吉岡が言う。心なしか期待の滲《にじ》む声音だ。『ヤバいもの』は彼にとって商売と好奇心の種なのだ。

「あの町役場の堀口っていう人、これについて何か言ってたか？」

「いや、特に触れてなかったと思うよ」

「計測したいのに、ドアが閉ざされてるから計測できないのが未練？」

百葉箱自体に未練を残しているのでは、と教室で話し合った推理に、間違いはなさそうではあるが。

「じゃあこじ開ければいいのか」

吉岡が玄翁を握り直した時、すさまじい突風が伏原にも吹きつけた。木の枝や葉、小石や砂利がバチバチと体に当たり、思わず顔を顰《しか》める。

「だめ！」

「やめて！」

「なにするの！」

子供たちの声が重なった。強烈な反撥《はんぱつ》だ。

「とりあえず鍵を開けようと思っただけなんだけどな。できれば壊さず持って帰りたいし」

咄嗟《とっさ》に顔を伏せていた伏原は、思いのほか間近で吉岡の声が聞こえたことに驚いた。吉岡が、風や木の枝から伏原を庇うように、前に立ちはだかっている。頭を腕で抱き込まれていることに気付き、伏原は吉岡の胸を押し遣る。

「庇えなんて頼んでない」

「咄嗟に体が動いちゃったんだからしょうがないでしょうが」

そう言って腕を放しながらも、吉岡は子供たちから伏原を庇うような位置取りをしている。

「僕の方が鈍いんだから庇われておきなさい。僕のことが嫌いなんだったら、伏原君は僕を利用していいんだってば」

そう言われると伏原は反論に困る。確かに吉岡のことは苦手だが、かといって彼が傷ついてもいいだなんて思えない。

（わかって言ってるんじゃないだろうな、こいつ）

伏原が言葉ほど自分を嫌っていないことを、吉岡は多分わかっている。わかった上でそんなことを言う。

（だから嫌なんだ）

伏原は吉岡をまた押し遣り、自分が相手を背に庇った。

「いいからあんたは、箱を開けてくれよ。その間この子たちの方は、俺が……どうにかするから」

「どうにかって。その年端もいかない子たちとひとりひとり寝るつもり？」

寝る、という言葉に明らかな含みを持たせて言う吉岡に、伏原は振り返って冷たい眼差《まなざ》しを向けた。

「こっちの身が保《も》たないだろ。話をしてみるだけだ」

吉岡は軽く肩を竦めると、百葉箱に向けて玄翁を振り上げた。

「だめ……」

影が叫び声を上げようとする前に、伏原は彼らの方へと進み出る。

「毎日、記録してたの？　ええと……気温とか、湿度とか？」

なるべく優しく、静かな声で。身を屈め、顔もはっきりしない白い影の目線辺りを見ながら訊ねる。背後でじゃらじゃらと金属音がするのは、とりあえず叩き壊すより前に、どうにか錠前が開かないか吉岡が調べているのだろう。

「気圧計と、最高温度計と、最低温度計と、温度計と、乾湿球温度計で、測るんだよ」

はきはきと答えたのは、少年の声。理科が好きなんだろうな、とその口調で伏原はわかって、何とも言えない気分になった。

「毎日、みんなで、ずっとはかってたの」

今度聞こえたのは、少し舌足らずな少女の声。

「じゅんばんに、ノートに書いてね。おやすみの日も、毎日ずっと」

「そうか。えらいね」

小さな白い影が、ぶんぶんと首を振る。

「たのしいから」

「……そっか」

「でも先生も、ほめてくれる。たいへんよくできましたねって。はなまる！」

表情は見えないのに、子供たちが顔を見合わせて笑い合っているのが、伏原にも伝わってくる。伏原も小さく笑みを零した。

「ねえ、あなた、名前は？」

少しおとなびた口調で訊ねてきたのは、教室で「カナ」に呼びかけていた少女だ。おそらく一番年長の子なのだろう。ずっと、他の子供たちを守るように先頭に立っている。

「伏原だよ」

「ふしはら……」

耳慣れない苗字だったせいか、子供たちがちょっと戸惑っている。

「真希」

伏原が下の名前を告げると、子供たちがにっこり笑った気がした。

「マサキ君も、一緒に観測する？」

「え？　俺？」

突然の勧誘に、伏原は面喰《めんく》らった。

（吉岡はおじさん呼ばわりで拒まれたのに、俺は仲間扱い？）

そう考えて、苦笑したくなる。二十三歳だって、十歳前後の子供から見ればいい歳だろうに。

だが子供たちは落ち着いた雰囲気だ。霊に遊びに誘われて頷けばろくなことにならない場合もあるが、この子たちからはどうやっても悪意を感じない。拒めばむしろ凶悪化するかもしれないと思い、伏原はその場にしゃがんで頷いた。

「いいよ。混ぜて」

「やった」

子供たちが嬉しそうに駆け寄ってくる。

「でもね、ひゃくようそう、あかないの」

一番小さな影が、困ったように呟いた。隣にいた別の影も頷く。

「ね。毎日ちゃんと記録しないといけないのにね」

「……ちゃんとしないと、おうちに帰れないのにね」

誰かがぽつりと言った途端、子供たちが黙り込んだ。

伏原は違和感を覚え、形も定かではない子供たちに目を凝らす。

か。

「帰れない？　――帰らないじゃなくて？」

「みんなでちゃんとしようって、約束したの」

やはり百葉箱が閉ざされていることで、子供たちはこの場所に縛りつけられているのだろうか。

（『卒業までみんなで観測する』っていうのを達成しないと、未練がなくならないのか……）

顔には出さないよう、伏原は困惑した。卒業まで、という条件は、全員死んでいる以上当然ながら達成しようがない。

たとえ百葉箱が開いて、観測自体はできたところで、この子供たちにとっては永遠に終わらないのだ。

「その子たちが僕らを閉じ込めてる限り、これを持って逃げ出すわけにもいかないってことかな」

吉岡にも伏原と子供たちのやり取りが聞こえていたらしい。伏原が振り返ると、玄翁を手に百葉箱の前でしゃがみ込んでいた吉岡が立ち上がるところだった。

「とすると手っ取り早く、これ自体を壊すしかないか――」

「待てよ。何であんたはそう結論を急ぐんだ」

露木邸の時といい、吉岡には躊躇というものがなさすぎる。

「こっちは盗むか壊すか以外に能がないものでね」

吉岡は今にも百葉箱に玄翁を叩きつけそうな雰囲気だ。鍵が開かなくても、金具や鎖が壊せなくても、百葉箱自体は木製だから、殴りつければ壊れてしまう。

「壊したら、あんたは商売あがったりだろ。前回だって何の成果もなかったのに」

吉岡を止めたくて伏原が言うが、吉岡に響いている感じはしない。

「僕はそりゃあ、曰く付きの呪具なんかが大好きだけど、命あっての物種っていうのが信条でね。自分が死んだりしたら元も子もない。何より大事なのは生きてる人間だ」

吉岡は間違ったことは言っていないのだろう。

だが不安そうに揺らめいている子供の白い影を見て、それはそうだと伏原にはあっさり頷けない。

「八年も子供だけで彷徨ってたんだぞ。あんな方法で命を奪われた挙げ句、大事なものを壊して力尽くで終わらせるなんて、残酷すぎる」

「時間をかけるほど状況が悪化するのは伏原君もわかるだろ。悪いが僕は不必要に危険な目に遭うつもりはないし、伏原君を危険に晒《さら》したくもない」

「だからって……！」

「マサキくん、ケンカしないで……」

伏原が声を荒らげると、怯えた啜《すす》り泣きが響く。震えるように揺らぐ一番小さな影を、一番大きな影が抱き締めるようにして、伏原を睨《にら》んでいた。

「あいつ、悪いやつなの？　追い払ってやる」

「待って、違うんだ」

「伏原君、それと取り引きはするなよ。いつものやり方が通じない以上、僕の言うことを聞きなさい」

　吉岡の上からの物言いに、伏原はかちんとくる。

「危険が嫌ならあんたは手を引けばいい。俺がこの子たちを説得する」

「いや、人の話聞いてる？　僕は君も危ない目に遭わせたくないって言ってるんだけど？」

「こんな小さな子供の望みくらい叶《かな》えてやれなくてどうするんだ！」

　伏原は子供たちの影を抱き締めるように腕を伸ばした。子供たちがそれに応えるように近づき、刹那、伏原は胸を殴られたような痛みに膝をついた。

「ぐ……ッ」

　全身が重い。呻き声が勝手に口を衝《つ》いて出る。まるで地面から生えた無数の手に体のあちこちを摑まれ、泥沼の底にずぶずぶと引き摺り込まれるような感覚があった。

「伏原君」

　滅多になく緊張した吉岡の声が聞こえた気がした。

「だから言わんこっちゃない！」

「でも……！」

彼方側《かなた》に引き摺り込まれようとしている、と伏原にだってわかった。目の前に見えている白い影は、本当は伏原や吉岡たちがいる場所にいるわけではないのだ。現実と——現世と隠り世《かくよ》の狭間《はざま》。普通の人間ならば触れられない場所にあるはずの存在。それを繋ぐのは死人が未練を残し、現世に置いてきた何かだ。子供たちにとっての百葉箱。露木和俊にとっての制服やノート。だから吉岡はそれを奪うか、壊す。本来いてはいけないモノの手が、現世にいる人間に届かないように。

(でも俺は)

喉が詰まって息ができない。肺が押し潰されたかのように苦しい。伏原はそれでも、自分を彼方側に連れて行こうとする無数の腕をすくい取ろうと、闇雲に手を伸ばした。

耳を劈《つんざ》くような金属音が響いている。それが子供たちの叫び声なのか、それとも吉岡が錠前を壊そうとしている音なのか、伏原にはわからない。

ひどく頭が痛んで、勝手に涙が零れた。

「マサキ君もおうちに帰りたいの?」

あどけない少女の声が耳許で訊ねる。まるで、同じ年頃の少年にでも呼びかけるような口調で。

「カナも、ママのとこに帰りたいよ」

小さな女の子が、少年が、一斉にしゃくり上げる声がする。

「帰りたい」

「帰りたい」

「帰りたい」

「おうちに帰りたいよう」

「ママ」

「お母さん」

「お母さぁん……」

ずるりと、自分の体の中から何かが滑り落ちた気がした。ばしゃんと、濡れた地面にソレが落ちるのを伏原は見た。白い影たちと同じくらいの大きさの子供。小学生の男の子。十歳くらいの――。

（俺だ）

小学生の頃の自分だった。

「お母さん」

呟く声も、子供の頃の自分のものだった。

「嫌だ……」

子供の自分が、泥だらけの地面を這い回って、ぬかるみに指を立て、もがいている。

「ああ、嫌だ嫌だ嫌だ嫌だ嫌だ嫌だ嫌だ」

「待って伏原君、君が取り乱さないで！　この子たちが余計——」

叫ぶ声が聞こえた気がしたけれどそれが誰のものなのかもうわからない。

「嫌だよ、お母さん」

子供の自分を見下ろしていたはずが、いつの間にか、それは伏原自身になっていた。ぬかるみを混ぜて何かを探す。そんなところにあるわけがないのに。

あの人が。あの長い黒髪の。白い肌の、綺麗な人が。

そんなところに、お母さんが、いるはずないのに。

「何で？　何でぼくを連れていってくれなかったの？　なんで？」

おかあさん、おかあさん、と繰り返し誰かが泣いている。自分と同じ悲しみ。母親と分かたれた痛みに耐えかねて血を流しながらのたうち回っている子供たち。

「なんでここに、お母さんが、いない」

「——真希！」

泣き喚《わめ》く子供の声を暴力的に押し退《の》けるような強い声が、耳許で響いた。体が勝手にびくりと震える。怖ろしさにその場を逃げ出そうとした体を、声と同じくらいに力強い腕が抱き締める。

「ひとりじゃないよ」

温かい体。

欲しかったものとは違う人の腕なのに、全身をぬるま湯に浸されたような安心感が包む。

「真希」

優しい、か細い、怖い、ヒステリックな、割れ鐘のような、大好きなお母さん《あのひと》の声じゃないのに。

「僕がいるよ」

その言葉が嬉しくて、泣きそうになりながら、笑う。

笑いながら、伏原は意識を失った。

◇◇◇

子供の泣き声がする。

悲しそうな、力のない啜《すす》り泣き。

瞼《まぶた》の向こうが微《かす》かに明るい。伏原《ふしはら》は馴染《なじ》みのある感覚、「ああ、生きてる」という落胆と共に目を覚ました。

まだ視界が狭くて、自分がどうなっているのか、どこにいるのかはわからないが、仰向けに横たわっていることだけがわかる。

「……うぇ……」

起き上がろうと身動《みじろ》いだだけで、ひどい嘔吐《おうと》感が込み上げてきた。全身が痛い。『心中』の後は形容しがたい倦怠《けんたい》感に苦しめられるものだが、今はそれとはまた違う辛《つら》さが残っている。

腕もやけに痛むのでコートとシャツの袖を捲《まく》ってみたら、生白い腕に、紅葉《もみじ》のような小さな手形が無数についていた。

「……えぐい」

「ああ。起きた？」

声が聞こえてそちらへ視線を向けると、咥《くわ》え煙草《タバコ》の吉岡《よしおか》が地面に片膝を立てて座り込んでいる。

伏原はどうやらまだ自分が小学校の校庭にいて、そこに倒れていたらしいと状況を把握する。途端、背筋を悪寒が這《は》い上がってきた。体中が濡《ぬ》れていて冷たい。

雨はすっかり上がり、空には明け方の太陽が昇り始めていたが、地面はあちこちに水たまりを作っている。今さら泥汚れを気にしても仕方がないほど体中汚れていたので、伏原は構わずぬかるみに手をついて体を起こした。

少し離れたところで、もうほとんど目視することも困難なくらい薄くなった白い影が七つ、しゃがみ込んで泣いている。

そのそばに、粉々に破壊された百葉箱の残骸が転がっていた。

「……ひでぇ……」

情け容赦なく、徹底的に、壊せるところはすべて叩《たた》き壊したという有様だ。

思わず呟《つぶや》いてから、伏原は怪訝《けげん》に思って眉を寄せ、自分の側《そば》で煙草をふかしている吉岡を見上げた。

「なんであの子たち、消えてないんだ？」

「あ、まだいるの？　僕にはもう見えないから、てっきりもう消えたんだと思ってたけど」

答える吉岡の口調はいつもと変わらない響きに聞こえるのに、雰囲気がどこか素っ気ない。不機嫌なようにも見えたし、疲労困憊《こんぱい》しているようにも見えたので、「何怒ってるんだよ」などという愚問を投げかけることを、伏原は辛うじて堪《こら》えた。

「……まだみんなそこにいて、みんな泣いてる」

「あのね。何度でも言うけど、僕には生きてる人間の方が大事なんだよ。不慮の死を遂げたあの子たちを可哀想《かわいそう》だと思う気持ちはある。でも、選ばなければいけない場面で、僕は間違いなく人間の方を……真希《まさき》の方を選ぶよ」

「……」

真希、と自分の名を口にする吉岡の声で、伏原は気を失う前のことを思い出した。

泣き喚《わめ》く自分を、吉岡が強い力で抱き締めたことを。

「……俺は別にいつどこで死んだっていいんだよ」

その温かさの記憶を振り払うように、伏原は掠《かす》れる声で呟いた。

「俺だって我が身が可愛《かわい》いだけだ。別に苦しむ死人を助けたいとか、そんな高尚なことを考えたことは一度もない」

「知ってるよ。だからどうにかして生かそうとしてる僕のことが大っ嫌いなんだからさ、伏原君は」

吉岡が大きく煙草の煙を吐き出す。風下にいた白い影たちが、ますます薄れていくように見えた。

伏原は、吉岡がいつも通りの呼び方に戻ってしまったことにどこか物足りなさを感じる自分を見ないふりで、よろめくようにその場から立ち上がる。

ふらつきながら百葉箱の残骸に近づいてみると、その中にいくつか温度計のようなものがあった。半分くらいは割れている。これではもう使い物にならない。

「……これは?」

残骸の上に載っているのは、ありふれた無地のノートだった。表紙には色とりどりのマジックを使って『みんなの観測日誌』という文字と、八年前の年号が書いてある。それから九人分の人の顔。七人は児童、残りの二人は教師だろうか。

拾い上げてノートを開いてみたら、表紙の裏側に、大人の文字で書き付けがある。

『学校がなくなっちゃうのはさみしいけど、それまで、しっかり百葉箱の手入れをしようね。毎日の観測を忘れずに!』

低学年の子供にもわかるようにとルビが振られた文字の周りには、拙い筆跡で「はーい！」「がんばろう！」と子供たちが思い思いの返事を書いている。

　さらにページをめくっていくと、毎日の日付と天気、気温と、その日あったことの報告のようなものが延々続く。単なる観測記録というより、児童と教師の連絡帳のような役割のノートらしい。

『今日はタケがりっちゃんを泣かしてたのでよくないと思います』『にがてな牛にゅうがぜんぶのめました！』そんなささやかな報告の下に、赤ペンで『ケンカは×！　でもちゃんと仲直りしてたよね、えらかったぞ』『牛にゅうがのめてえらい！　明日もがんばろうね』と、丁寧な、見ているだけで子供たちへの愛情が伝わってくるような、優しい文字が書かれている。返事の後には、決まって花丸も描かれていた。

　ノートにはあちこち落書きがしてあったり、シールが貼ってあったりして、やはり授業の一環というだけではなく、子供たちが自由に、楽しみながら書き続けていたのがわかった。

　ページをめくっていくと、途中で白紙になった。最後に書き込まれた日付は八年前の、あの事故の当日のものだ。

『これからみんなでえん足です。みんなや先生と、いっぱいたのしんできたいです。いってきます』

　きっと学校に一度集まってからバスに乗って行ったのだろう。遠足に行く前に、いつも通り当番が計測をして、ノートに記録もつけていった。

（……そうか。あの子たちの未練は百葉箱じゃなくて）

ノートを手にしたまま、伏原は吉岡を振り返った。

「吉岡。ペンか何か持ってる？」

咥え煙草のまま、吉岡は無言でスーツのポケットを探りながら立ち上がった。吉岡の高そうなスーツもすっかり泥まみれでよれよれで、惨憺《さんたん》たる有様だ。

「ん」

伏原に近づいた吉岡が手渡してきたのは、黒一色のボールペンだ。赤がよかったけれどまあ、仕方がない。

できるだけ丁寧な文字で、伏原は最後のページにペンを走らせた。

『大変よくできました』

はなまる、と小さな影が嬉《うれ》しそうに言った声を思い出しながら、伏原は文字の最後に不恰好《ぶかっこう》な花丸を描き足す。

それから、ノートを持って、泣いている白い影の方へと歩いていった。

子供たちは一斉に伏原を見上げた。伏原は、ノートの最後のページを彼らに向けて開いて見せる。

「はい。最後まで、よく頑張りました」

「……」

「計測はもうおしまい。もう家に帰っていいんだよ」

白い影は、戸惑ったようにその場を動かない。

伏原の後ろから手が伸びて、吉岡がノートを取り上げた。伏原が振り返った時、吉岡がノートにライターで火をつけるところだった。

湿っていたはずのノートは、一瞬で火に呑《の》み込まれた。吉岡がパッと手を放すと、まるで手品みたいに、すべてが灰になる。

子供たちの歓声が校庭中に響いた。

伏原が空に舞い上がる灰と煙を見上げ、視線を戻した時、白い影はもうその場にひとつも残っていなかった。

「めでたし、めでたし」

空を見上げて呟く吉岡の口調は、あまり喜ばしそうな響きでもなかった。

「こんな平和な解決方法なんて、心中屋の名折れだね」

「好きでそんな看板掲げてるわけじゃないし……」

伏原も、子供たちの嬉しそうな笑い声の残響を聞きながら、いまいち晴れやかな気分にはなれずにいる。

「あーあ……」

吉岡が溜息《ためいき》と共に妙な声を漏らしたかと思うと、再びその場に座り込んだので、伏原は驚いた。次第に明るくなってくる空の下で見ると、吉岡の顔色がひどく悪い。隈《くま》もできていて、目が落ち窪《くぼ》んでいた。

「お、おい、大丈夫か……？」

「もうね、一晩中伏原君に群がる子供たちを千切っては投げ、千切っては投げしてたら、さすがにね」

気を失ってからのことを、伏原は勿論《もちろん》まったく覚えていない。長い時間吉岡が守ってくれていたのだと察して、伏原は先刻の吉岡の皮肉くらい聞き流せばよかったと、少しだけ後悔した。

「もう一服させて。あと少し休んだら元気になるから」

「……別に、いくら休んでもいいだろ。もう、終わったんだから」

伏原も、吉岡の隣に座り直した。吉岡が遠慮なく肩にもたれ掛かってきて重たかったが、文句も言わずにそれを受け止める。

吉岡は短くなった煙草の代わりにもう一本取り出して咥え、それに火をつけている。

「何だかあの子たち、君のことも自分たちと同じような子供だって思ってた感じがした」

吉岡も、それに気がついていたらしい。同じことを伏原も考えていた。

（……あの子たちは、ちょうど、同じくらいだった）

その理由について、伏原は不意に思い至る。

（俺が、あの人に殺された頃の歳《とし》と）

その記憶を振りはらうように、伏原は一度小さく首を振ってから口を開いた。

「……みんな母親のところに帰ったのかな」

ぽつりと呟くと、伏原の肩に乗った吉岡の頭が動く。首を捻《ひね》ったようだった。

「さあ。わからないけど、帰りたかった子は、一目くらい会えるといいけどね」

「……」

「——よし、宿、行こうか」

煙草を一本吸い終えた吉岡が、伏原の肩から頭を浮かせて言った。

「もう平気なのか」

「まだクタクタだけど、早く宿で風呂入ってあったまって食事取らないと、確実に風邪引くコース」

それもそうだ。伏原も温かい風呂や食事や布団が恋しくなって、立ち上がった。

二人してすっかりよれよれの状態で校庭を後にして、校門へと向かう。

「とりあえず堀口《ほりぐち》さんにはメールで連絡入れて……あれ、まだ繋《つな》がらないな」

吉岡に倣って伏原もスマートフォンをポケットから取り出してみるが、たしかに未《いま》だ通信圏外になっている。

「あの子たちは消えたのに……？」

「まあとにかく、外に出てみよう」

校門に辿《たど》り着き、鉄の門扉に手をかけた吉岡が、「うん？」と変な声を出した。

「今度は何」

「開かない」

「え、何で？」

これだって、子供たちはもういなくなったはずなのに、なぜ閉ざされたままなのか。

「あ……あー、あー、あー。嘘《うそ》だろ」

吉岡がさらに変な声を上げる。

「だから、何なんだよ」

「はいはいはい。なるほど、そういうことね。理解理解」

吉岡が、両手で門を摑《つか》んでガタガタと横や縦に動かした後、笑いながらそれを蹴りつけた。

「これさ。物理的に閉じてる」

「物理的に？」

「君でもぶっ壊せるし、ぶっ壊せば開くってこと」

「え、でも……」

「僕も伏原君も、下手に閉じ込められた経験があったから、勘違いしてたっぽい。んー、でもこの鍵も壊すのはちょっと骨が折れそうだし……」

吉岡は軽い動きで門をよじ登り始めた。

「痛《い》てて、痛てて」

鉄条網に手脚を引っかけては痛そうな声を上げながら、玄翁《げんのう》でそれらを力尽くで取り払っている。千切れはしないようなので、鉄条を無理矢理押し下げて、門の上に人ひとりが通れるくらいのスペースが出来上がった。

「伏原君もおいで、気をつけてね」

伏原も門をよじ登り、吉岡が作ってくれたスペースを乗り越えて地面に飛び降りる。当たり前のように吉岡が手を貸してくれたので、いつものような悪態は呑み込み素直に応じておく。疲れている吉岡を気遣ったというよりも、伏原ももう疲れ果てて、声を出すのも面倒だった。

「ほら、見て、これ」

吉岡が示したのは、門と門扉にぐるぐると回された鎖と、それを閉ざす南京錠《なんきんじょう》だ。入る時に開けたものとは違う鍵。

伏原と吉岡が校内に入ったあと、明らかに人の手で閉ざされている。

「……なるほど、『物理的に』」

門が開かなくなった時、ちょうど天候が崩れたタイミングということもあって、てっきり子供たちがそれをやったのかと思い込んでいた。それほど悪いものではないし、それほど強い力を感じたわけでもないのに、これまで一度ならず閉じ込められた経験があったせいで。

あの時鍵のことに気づいていれば、今のように、外に出ることはできたはずだ。

「スマホももしかしてあれかな。単に、この辺電波が入り辛いってだけかもね」

ほら、と吉岡が自分のスマートフォンの画面を伏原に向ける。右上のアンテナマークが圏外になったりまたアンテナマークに戻ったりと、不安定な動きをしていた。

「慣れって怖いね」

吉岡の車は、昨日駐《と》めた時のままそこにある。泥だらけの服のせいでシートが汚れるのも構わずに運転席に収まった持ち主に倣い、伏原も気にせず助手席に座った。

「とりあえず先にホテルでいいよね？」

訊《たず》ねた吉岡の言外に言おうとしたことを察して、伏原は小さく頷《うなず》いた。

「寝て起きて、町役場に行く」

「了解」

吉岡も頷いて、車を発進させた。

伏原は走り出した車の中で、何となく遠ざかる小学校を振り返った。そこにはただ、誰もいなくなった小さく古びた校舎が見えるだけだった。

◇◇◇

ホテルの手配をしたのは吉岡で、まあそうだろうなと思っていたがツイン一室の予約だった。ダブルじゃなくてよかったと思うしかない。

文句を言う気力も体力もやはり尽きていて、伏原は吉岡と順番でシャワーを浴び、途中のコンビニエンスストアで買った握り飯やサンドイッチを無理矢理胃に流し込んだ後、ベッドに潜り込むとまた気絶するように眠った。

役場が開く時間に目を覚まし、あまり疲労の取れない体を引き摺《ず》って、吉岡と共に堀口の元へ向かった。

そこでしばらく時間を過ごし、あれこれと確認するべきことを確認したあと、再び吉岡の車に乗って次の目的地を目指したのは、夕方過ぎになってからだ。

「伏原君はホテルで休んででもいいんだよ」

車に乗り込む前にも言った言葉を、道中でも吉岡が繰り返した。

「子供たちを何とかしてくれって依頼は果たしたんだから。あとは報酬もらっておしまいってことで。ここからは余計な後始末なんだし」

「それはあんただって同じだろ」

「僕は単に性分っていうか、趣味の範疇《はんちゅう》だからさ」

「最後の最後で放り投げたんじゃ何だか収まりが悪いし、いいよ、つき合う」

「そっか」

そう時間をかけずに辿り着いたのは、年季の入った一軒家だった。広い庭には雑草が生え、庭木の手入れもされておらず、人が住んでいるのかいないのかもわからないような寂れぶりだったが、住民がいることは堀口から聞いている。

「ごめんください」

玄関のチャイムを鳴らし、吉岡が大きな声で呼びかけると、少しして玄関のドアが開いた。現れたのは、五十代くらいに見える、作業着を着た男性。たった今仕事から帰ってきたという雰囲気だ。

「……どなたです？」

まるで葬儀屋のような暗いスーツに身を固めた吉岡と、上着もなく寒そうに背中を丸める大学生みたいな恰好の伏原を見て、男性は明らかに不審そうな顔をしながら問いかけてくる。

「突然すみません。町役場の堀口さんから、こちらにお住まいだと伺って。——村木叶子《むらきかなこ》ちゃんのお父様ですよね」

「……」

その名前を聞いて、村木の顔がサッと曇った。

「……記者さんなんかじゃないだろうね」

八年前、きっと遺族の元には大勢のマスコミが押しかけたのだろう。吉岡が真摯な表情で「いいえ」と首を振る。

「小学校の解体に当たって、役場から調査を依頼された者です。関係者の方にいくつかお聞きしたいことがあるので、順番に回ってるんですよ」

何の調査についてかは言わず、「順番に回っている」というのは嘘だ。よくもまあそれらしいことを堂々と語れるものだなと呆《あき》れるような感心するような気分で、伏原もできるだけ殊勝な態度に見えるよう、吉岡の後ろで黙って立つ。

村木はまだ怪訝そうな態度ではあったが、頷いて一歩玄関の中に下がった。

「どうぞ」

「お邪魔します。——まず、叶子さんにご挨拶させていただいてよろしいでしょうか」

村木が無言で頷き、仏壇のある一室に案内してくれた。吉岡に続いて家の中を歩きながら、伏原はそこここに子供の写真や絵が飾ってあるのを見て、何とも言えない気分になる。玄関には可愛らしいサイズのスニーカーが並んだままだった。村木叶子にきょうだいがいないことは、堀口に確かめてあった。

仏間からは線香の強い香りが立っている。仕事から帰ってきた村木が真っ先に供えたのだろう。仏壇の周りには子供の好きそうなスナック菓子や漫画などの本、萎《しお》れる気配のない花、ぬいぐるみやおもちゃ、赤いランドセルなどが賑《にぎ》やかに並べられていた。

（……まるでつい最近亡くなったばかりみたいだ）

八年間、きっとこの部屋も、この家も、変わらずにいるのだろう。

伏原の目には、とても七回忌で気持ちの整理がついたというふうには映らなかった。

吉岡がまず線香を上げ、伏原もそれに続いた。手を合わせながら、仏壇に飾られた写真に目を留める。

（こんな顔してたのか）

溢《あふ》れるような笑顔が可愛らしい女の子だった。きっとカメラを構える家族から惜しみない愛情を受け、愛されていることを疑う必要もなく、短い人生を送ったのだろう。

「それで……調査って、何を調べてるんですか」

伏原たちが順番に叶子に手を合わせている間、村木はお茶を淹《い》れて運んできてくれた。それを吉岡と伏原に進めつつ訊ねてくる。

「先にひとつ、村木さんに謝らなければならないことがあります」

静かな声で、吉岡が言う。伏原はうまく話せる気もしなかったので、すべて吉岡に任せることにして、黙ってその隣で湯呑みを見下ろしていた。

「謝る……？」

「『みんなの観測日誌』」

村木がはっと息を呑む音が部屋に響く。

「あれはもう、この世のどこにもありません」

「は……？」

信じがたいことを聞いた、という顔で、村木が吉岡を見ている。伏原はそんな村木を見て、彼が見た目の印象よりももっとずっと若いという事実を思い出して、また何か悲しい気分を味わった。まだ四十にもなっていない。結婚も一人娘が生まれたのも早く、幼馴染みだった妻と三人で幸せな家庭を築いていたのに、娘を失ってからの悲しい年月が、彼をずっと年嵩《としかさ》に見えるようにしてしまった。

「どういうことですか」

「叶子ちゃんや他のお子さんを、あれ以上あの場所に縛っておくわけにいかなかったんです」

「どういうことですか！」

激昂《げきこう》して村木が立ち上がる。吉岡はじっとそれを見上げている。

「かつての教師だった人と連絡が取れたので、確認しました。あの遠足の日の観測当番は叶子ちゃんだった。当番は朝教師からノートを渡されてその日の記録を書き込み、放課後にまた教師にノートを返す」

だがあの日、放課後は訪れなかった。遠足に行く前に観測記録をつけた後、ノートを教室の自分の席にしまったまま、叶子は学校に戻ることはなかったのだ。少なくとも、生きた姿では。

「あの観測日誌を百葉箱の中に隠したのも、箱が開かないよう鍵をかけたのも、村木さんですね」

「……ッ」

怒りのあまりか顔を赤くしながら、村木が言葉を詰まらせている。

「そうしてしまえば、叶子ちゃんたちがあそこから出られないことを承知の上で」

「――何が悪い」

握り締めた村木の両方の拳が震えている。

「何が悪いんだ、あの子はまだあの場所にいたんだぞ。どこにも行って欲しくないと願ったことの、何が悪いんだよ！」

「泣いていたことも知ってたんでしょう。家に帰りたいって言っていましたよ。帰りたい、ママに会いたい――」

「叶子のいた家を捨てて出て行ったあの女のことなんて知ったことか！」

村木が叫ぶ。彼の妻、村木叶子の母親は、事故の後に村木と離婚して、今は別の土地で暮らしている。勤めていた会社を何の相談もなく辞めて泣き暮らす夫と妻との間には諍《いさか》いが絶えず、呆れた妻が家を出て行った。村木は子煩悩ではあったが、会社は遠く通勤時間ばかりが取られ、仕事にも忙殺されて育児は妻任せになり、叶子の死後はそれをひどく悔やんでいた――という話を、伏原たちは堀口から聞いた。近所でそういう噂《うわさ》だったのだと。

だがそれがただの噂に過ぎないとわかったのは、村木の別れた妻にも、電話で話を聞けたからだ。

「会社を辞めて日雇いの仕事に変えたのは、叶子ちゃんたちを見守るためですね」

仕事人間だった村木が急に会社を辞めたのは、叶子が亡くなってすぐではなく、それから一年以上が経《た》った辺りだ。

ようやくマスコミの取材も落ち着き、悲しい事件にざわついていた町も日常を取り戻した頃、小学校に現れる子供の幽霊の噂が立ち始めた。

それから毎日のように、村木は小学校に通うようになった。

「小学校に通い詰めるあなたの様子がおかしいと心配していた奥さんを、あなたは半ば無理矢理離縁して、家から追い出した。奥さんが言っていました、ノートを手に入れてからのあなたは、とりわけ普通じゃなかったと」

子供たちがいなくなった後も、教室は当時のままにしてあった。全校生徒が亡くなったから、他の児童のために片づける必要もない。遺族の中には早々に我が子の荷物を大事な遺品として持ち帰った者もいたが、村木夫妻は叶子の死をなかなか受け入れられず、片づけてしまえば本当に彼女がいなくなったことを認めてしまうようで、手を出せなかったと妻が話してくれた。学校に向かえば、門前で張り込んでいるマスコミに捕まるのも嫌だったと。

だが一年が経ち、騒ぎが落ち着いた頃、ようやく事故に向き合う気持ちになれた。

だから夫婦二人で学校を訪れ、娘が過ごした教室に荷物を取りに行って――。

「あなたは叶子ちゃんが教室に『残っていた』ことに気づいたんですね」

　おそらく村木にも、死人の気配を察知する力があったのだろう。妻の方は何も気づかなかったというし、夫にそんな力があることなど知らないと言っていたから、村木自身も娘の姿を見るまではわからなかったかもしれない。

「叶子ちゃんは多分、自分が卒業するまでしっかりノートを守らなくてはと考えていたんでしょうね。みんなとの約束を守らなくてはと、幼いなりに真剣に。一番下の学年だった彼女は、あの学校で最後の児童になる予定でしたから」

「……」

「なのに自分が当番の日、ノートを先生に提出できなかったことが心残りだった。自分のところで途絶えてしまったことを、とても悔やんでいた。だからノートのある教室に囚《とら》われていたけれど、当時の教師は二人とも町を出てしまい、永遠に『よくできました』の花丸はもらえないままま」

　村木は拳を握りしめたまま、強張《こわば》った顔で俯《うつむ》いている。

　伏原の見た限り、村木に叶子や他の子供たちと意思疎通ができるほどの力はなさそうだった。子供たちの力も儚《はかな》いもので、自分たちがなぜ教室にいるのかもわからない状態だったのかもしれない。放っておけば、やがて自然に消えてしまうほどの力しか持っていなかったのだろう。

　だから村木はただ、子供たちの観測ノートが途絶えて残念に思う言葉を、あるいは観測を続けなければと望む言葉だけを、耳にした。

「それであなたは考えたんですよね。『このノートさえあれば、子供たちを永遠に学校に閉じ込めておける』」

そして万が一にもノートが誰かの手で持ち出されないよう、毎日小学校に様子をたしかめに行った。事故から一年経った頃には校門は閉ざされ、許可がなければ中に入ることはできなくなっていたというが、伏原と吉岡がここに来る前に学校周辺を歩き回ったところ、一部石塀になっている裏門の周辺に不自然に積み上がった土嚢《どのう》をみつけた。土嚢を退《ど》かせば、人がどうにかひとり通れるほどの穴が開いていたから、そこから出入りをしていたのだろう。元々学校の周囲は人通りがなく、誰かが遠目に見たとしても、作業服を着た男が土嚢を積み下ろししていたところで、そう不自然に思うこともない。

「解体工事が始まると聞いて、あなたは焦ったでしょう。だから、工事の邪魔をした」

工事を請け負ったのは村木とは無関係の会社だったが、作業服を着ていれば現場に入り込むのは難しくない。そこで重機に何らかの手を加えたり、作業員が怪我《けが》をするよう仕向けたりしておきながら、「子供たちの祟《たた》りだ」と噂を流した。

校門に鍵をかけたのも村木だろう。町役場が呼んだ余計な『霊能者』とやらを脅して、遠ざけるために。これまでもそうして追い払ってきたに違いない。

「会社は噂を鵜呑《うの》みにしたわけではなく、人為的なものだと気づいてはいるみたいですよ。次に同じことをすればおそらく警察の捜査が入ります。まあ……叶子ちゃんたちがいなくなった今、村木さんにもうそんなことをする理由はありませんけど」

「――」

村木がこれ以上はないというほど大きく目を見開き、吉岡を見た。

「叶子が……いない……?」

「ノートがなくなったと聞いた時点でわかっていたでしょう。叶子ちゃんたちをこの世に縛るものはもうありません」

「――何してくれたんだ、おまえらは!」

獣のような咆哮《ほうこう》を上げながら、村木が吉岡に飛びつく。胸倉を摑み上げる村木の手を、吉岡が押さえつけている。伏原もどうにか村木を落ち着かせようとその肩を摑んだ。

「叶子ちゃんも、他の子供たちも、家に帰りたいって泣いてたんだよ」

本当は伏原こそ、村木を怒鳴りつけてやりたいのを堪えながら、そう告げる。

「あんたは自分の娘を引き止められて満足だったかもしれないけど、他の子供まで巻き込んで、ずっと苦しい目に遭わせてたんだぞ」

死んでも死にきれずにこの世に囚われ続けた人間が苦しまないはずがない。本当なら時の流れと共にゆるやかに消えていけるはずだったのに。

お母さん、ママ、と叫びながら泣いていた子供の声を聞いて、なぜこの男が平気でいられたのか、伏原にはわからなかった。

「それとも楽しそうな笑い声しか聞こえなかったっていうのか？　あんなに泣いてたのに」

村木は繰り返し学校に足を運んでいたはずだ。百葉箱にかけられた鎖や鍵に塗られたペンキは、少しも剝げていなかった。

「うるさい、おまえに何がわかる！　子供を亡くした親の気持ちがわかるのか⁉」

村木に涙でぐしゃぐしゃになった顔を向けられ、伏原は言葉に詰まる。

（……わからないよ、そんなの）

親の気持ちなんて、わかるのなら、知りたいくらいだ。

だから仕事としてはもう必要がなかったのに、吉岡と一緒にここまで来たのだ。

「叶子は俺のすべてだったんだ！　あの子が生まれてから俺の人生が変わったんだ、俺がどれだけ——」

「……でもあの子はあんたの名前は呼ばなかったよ、村木さん」

伏原の呟きを聞いて、喚き立てていた村木の声が止まる。

「叶子ちゃんが会いたがってたのは『ママ』だった。あんた子育ては全部母親に押しつけて、仕事仕事って暮らしてたんだろ。本当はそれが後ろめたかったから、奥さんはちゃんと立ち直ろうとしてたのに、あんただけずっと娘のことに囚われ続けてるんだ」

「伏原君」

吉岡に名前を呼ばれ、小さく首を振る仕種《しぐさ》を見て、伏原は我に返った。——言い過ぎた。

「……じゃあ俺はどうすればよかったんだ。もう取り返しがつかないのに。叶子はもういないのに」

力なく、吉岡の胸倉を摑んでいた村木の手が床に落ちる。

「家族の暮らしのために、あの子の将来のためにも、こんな田舎町で必死になって働かなけりゃいけなくて……寂しい思いをさせてたとしても、大きくなったらきっとわかってくれるって……だから……」

言葉を途切れさせた村木が、唐突に、その場から立ち上がった。

「村木さん？」

吉岡の呼びかけにも答えず、村木が部屋を飛び出す。吉岡がすぐにそれを追うように立ち上がり、伏原も慌てて後に続いた。

村木が走り込んだ先は台所だった。シンクに放り出してあった何かを拾い上げている。

その手に握られているのが包丁だと気づいて、伏原は息を吞んだ。

「やめろ！」

震える両手で包丁の柄を握り込み、自分の首に刃先を当てる村木の様子を見て、伏原はそれを止めるために彼の方へ飛びつこうとした。

だが吉岡の手が伏原の肩を強く摑んで止める。

「危ないよ、伏原君」

「何呑気《のんき》なこと言ってるんだよ、止めないと……!」

村木は蒼白《そうはく》な顔で脂汗を流しながら、自分の首を斬りつけるタイミングを計っている。どう見ても本気だ。

「それが村木さんにとって一番幸せな選択なら、あの人の人生にこの先関わることもない僕らが、邪魔する権利はないよ」

淡々と言う吉岡を、伏原は信じがたい気持ちで見上げた。

「あんた……何言ってるんだ……?」

「八年間もこの世に縛られ続けてた叶子ちゃんのことは、楽にしてあげられただろ」

「――」

伏原は酷《ひど》く混乱して、吉岡と村木を交互に見遣《みや》る。

(それが一番いい方法だっていうのか?)

二度も娘を奪われ、村木がこの先のまだ長い人生を、どんな気持ちで生きていくのか。

「あの時、さっさと叶子と一緒に死んでおけばよかった」

譫言《うわごと》のような村木の声が聞こえる。おそらくもう伏原の姿も吉岡の姿も、彼の目には映っていない。

「ごめんね、カナちゃん」

——あの時、死ねばよかった。

——一緒に死にたかった。

——どうして自分だけ置いていかれたんだろう。

奔流のように村木の感情が自分の中に入り込んで来た気がして、伏原は両手で耳を塞いだ。

そのまま床に倒れ込みそうになった伏原をどうにか踏み止《とど》まらせたのは、一瞬、悲しげな子供の白い影が村木の腕に抱きついたのが見えた気がしたからだ。

「パパ」

聞き覚えのあるあどけない声が聞こえた瞬間、伏原は何を考えるまでもなく、包丁を握る村木に飛びついていた。

「ちょっ、伏原君！」

驚いたように村木が腕を振り回すのと、吉岡の叫び声が響いたのと、伏原の腕が灼《や》けるように熱くなったのが同時だった。

◇◇◇

処置室を出ると、廊下で待っていた吉岡はとんでもない仏頂面だった。もう機嫌が悪いことを隠そうともしていない。

てさ」

「……結構縫われたけど、痛み止めと抗生物質を出すから、あとは地元の病院に行けばいいっ

「ああ、そう」

相槌《あいづち》もひどく冷淡で、伏原はひどく居心地が悪い。

「思ったよりは傷が浅くて、神経とかも傷ついてないみたいだから……」

「それはよかった。自殺未遂者をボコボコにして捕まるのとか外聞が悪すぎて嫌だし、さすがに」

自分の振り回した包丁が伏原の腕を斬りつけたところで村木が我に返り、動きが止まった彼の体を吉岡が拘束して、救急車が呼ばれた。

病院から通報を受けた警察も来ていて、治療の合間に伏原や吉岡も事情を聞かれた。ほとんどは吉岡が対応してくれて、職業を怪しまれたりもしたがそこは堀口も説明に当たってくれたらしく、伏原の怪我は事実通り事故によるものとして処理されそうな流れだ。村木もひどく咎《とが》められることはないだろう。

疲労と痛みと血が足りないのとで立っているのが辛くて、伏原はとりあえず目についた廊下のベンチに近づく。吉岡が当然のような態度で伏原の背を支えてくれた。不機嫌な割に面倒見がいいというか、優しい。伏原は大人しく吉岡の手を借りてベンチに座った。吉岡も伏原の隣に腰を下ろす。

「村木さんは……」

「まだ警察に話を聞かれてるんじゃないかな。こっちから話せることは話したし、もう僕らの出る幕じゃない」

たしかにもう、自分にできることは何もないだろうと、伏原は頷く。村木が解体工事の邪魔をしたことについてや学校に無断侵入していたことについても、少なくとも自発的に伏原が他人に告げる気はなかったし、吉岡も同じ考えのようだ。

観察日誌を隠したことについては、そもそも誰かに咎められようがないことだろう。

「……子供が死ぬと、そんなに親は悲しいものなのかな」

「さあ。ご家庭によるんじゃない」

独り言のつもりで呟いた伏原の言葉に、あっさりした吉岡の声が返ってくる。

「僕は伏原君が死んだら悲しいけどね」

「……」

相変わらずにこりともしない吉岡の横顔を、伏原は隣からこっそりと見上げる。吉岡は伏原の方は見ず、病院の壁に掲示された健康啓蒙《けいもう》ポスターを眺めている。

不機嫌という以上に怒っているらしい吉岡なんて、初めて見る。伏原はただ困惑した。

「……村木さんには、言い過ぎた。あんなことまで言うつもりじゃなかったのに……村木さんが死のうとした原因は、俺にもあるだろ」

「どうかな」

「だって吉岡、俺を止めただろ。言い過ぎだって」

「鉾先《ほこさき》が伏原君に向いたら嫌だと思っただけで、別に村木のことを慮《おもんばか》ったからじゃないよ。俺は別に君が間違ったことを言ったとは思ってない」

吉岡が本心からそう思っているのか、こちらの気を軽くするために言ってくれているのか、伏原にはわからない。

「あとはもう専門家の領域だろ。僕らは僕らの専門分野で無事事態を収束させました。村木の今後は警察と医者が何とかする。とりあえずカウンセリングを受けた方がいいって、強めに勧めてはおいた」

「……最初からそういう話に持っていけばよかった」

叶子たちが消えたあと、村木のところを訪れたのは、吉岡が「当事者に顚末《てんまつ》を説明しておいた方がいい」と言ったからだ。依頼人である堀口には、とにかく子供たちは無事いなくなったという報告しかしていない。幽霊騒ぎの元凶が村木であることは、この小さな町の中で明らかにしない方がいいと吉岡が言って、伏原も同じ判断を下した。だから子供たちが消えたことを村木に伝える役割は、自分たちが負うべきだとも。

いつもの伏原であれば、自分の仕事を終えたところで、それ以上の手出しはしなかった。ただ今回は吉岡がいて、彼がそうしたいと言うので、ついていこうと決めたのだ。

村木が何を思って一連のことを行ったのか、知りたい気がして。

「叶子ちゃんたちがもういないって知れば、村木さんが取り乱すことは最初からわかってたのに」

「いくつか選択肢があった中で、村木自身が選んだのが叶子ちゃんの後を追うことだったんだ。そこを伏原君が悔やむ必要はないんだよ」

「……」

村木の自殺を止めようとしなかった吉岡の態度について、伏原はどう受け止めればいいのか、まだ整理がつかない。

とても冷淡な反応にも思えて、気持ちの上では反撥《はんぱつ》を覚えるのだが。

「……何であんたがそんなに怒ってるのか、いまいちわからないんだけど」

今伏原が一番困惑しているのは、そこに関してだ。吉岡はずっと怒っている。伏原を傷つけた村木に対してだけではなく、体を張って村木を止めた伏原に対しても。

「他人の選択を尊重するっていうなら、村木さんを止めようとした俺の行動を責めるのは変だろ」

言ううち、伏原だって何だか少し腹が立ってくる。

「今回のことだけじゃない、俺が『心中』するたびに、何であんたがいちいち不機嫌になるんだよ。それだって俺が選んだことで——」

「別に他人の選択を尊重したわけじゃないよ。僕は自分の手の届く範囲、届けたい範囲の相手だけしか守れないのがわかってるから、ただ自分が選んでるんだ」

吉岡の言葉の意味がすぐには飲み込めず、伏原は眉を顰《ひそ》めた。

そんな伏原に、吉岡が目を移す。

「僕は伏原君みたいに無差別に、身を挺《てい》して他人だろうが死人だろうが助けたいだなんて思ったことはない。君は僕のことが嫌いらしいけど、僕も君のそういうところが大嫌いだ」

これも意味がわからず――わかりたくなくて、伏原はただ、「大嫌いだ」という吉岡の言葉に傷ついた。

「そうかよ、じゃあ別にこんなところまでわざわざつき合ってくれなくたって」

立ち上がろうとした時、目の前が翳《かげ》った。身動きが取れなくなる。

吉岡に抱き締められていた。

「伏原君さえ無事なら、後は割と何だっていいんだよ」

絞り出すような吉岡の声は、とても嫌いな相手に向ける響きではない。

「崖に赤の他人と伏原君がぶら下がってたら、ノータイムで伏原君を助ける。相手を殺さなけりゃ君が助からないっていうなら、迷わず殺す」

「何でそう怖いことばっかり言うんだよ、あんたは……」

吉岡の体を押し退《の》けられないのは、怪我をした腕が痛いせいだ。他に理由はない。

自分に言い訳するように心の中で呟きながら、伏原はほんの少しだけ吉岡の方に凭《もた》れた。吉岡の腕の力が少し強くなった気がする。

それを心地よいと思ってしまう自分を、伏原はそれでも、認めたくはなかった。

「こんな仕事始めてから、いざって時に取捨選択をきっちりしておかないと自分の身が危ないってことは、嫌って言うほど学ばされた。一番怖いのは自分の選択ミスで大事なものがぶっ壊れることだよ。僕にとってはね」

その「大事なもの」が、吉岡にとっては、伏原真希なのだと。

そう言われていることは、伏原にだってわかるのだが。

「……あんたにとって、今のところ興味と価値のある『曰《いわ》く付き』だからなんだろ?」

伏原には自分が吉岡から執着される理由が、それ以外にあるとも思えない。

「そういうことにしておきたいなら、それでどうぞ」

少し投げ遣りな調子で言う吉岡の腕の力が、もう少し強くなる。

「……痛いよ、吉岡」

まだ押し退ける気が起きずに弱々しく呟いた伏原に、「自業自得」と、素っ気ない吉岡の言葉が返った。

4

「嘘だろ、茶色のパーカーがまた出てきた……」

絶望的な声で吉岡《よしおか》が言う。

「ねえ同じようなパーカーばっかり何枚買ってるの、伏原君《ふしはら》」

両腕に微妙に色合いの違う茶色いパーカーを抱えた吉岡が、ソファに転がる伏原の前に詰め寄ってくる。伏原は億劫《おっくう》な気分で大きく欠伸《あくび》をした。

「いいだろ、別に」

「これとかもう袖破れてるし、捨てるから」

「なんで。まだ着られる」

「まだ着られると思うなら新しいのを買い足すんじゃないよ。着られそうなものは、全部クリーニングに出すから、その間、くれぐれも、新しいのを買わないでね」

「いやクリーニングに出すような値段の服じゃないんだけど……」

「買わないでね！」

強く念を押され、反論するのも億劫になって、伏原は寝転んだまままいい加減に頷いた。

怪我をして帰ってきた伏原の生活が心配だと言って、吉岡がまた事務所に押しかけてきた。

利き腕の怪我だったから、たしかに生活をする上でいちいち不便ではあったので、伏原は吉岡を追い出すこともなく受け入れた。放っておいても食事が出てくるのはありがたいし、病院に通う時に車を出してくれるのも便利だったし、まあいいかと一週間。

便利は便利なのだが、吉岡は何かとやかましい。溜《た》まりまくった洗濯物を見ては文句をつけ、怪我人なんだから夜はちゃんと寝ろ、酒は飲むんじゃないと説教をされて——どれもこれも正論なので、伏原には言い返せない。

吉岡は片腕が使えない伏原の風呂の介助までしてくれようとしたが、そこは固辞して、包帯が巻かれた腕にビニール袋で防水処理をするのを手伝ってもらったり、髪を乾かしてもらったりするだけに留《とど》めておいた。他人に髪を弄《いじ》られるのが嫌で理容室に行くことも滅多にない自分が、吉岡には好きに触らせている理由について、伏原はなるべく考えないようにしていた。

考えたら、どうにも都合の悪い答えが出てきてしまいそうで。

「というかさ、やっぱりうちに来れば、何の不自由もさせないんだけど」

クリーニングに出すための服を紙袋に突っ込みながら、吉岡が言う。

「部屋には余裕があるし、生活に必要なものは何でも揃《そろ》えてあげるんだから。伏原君のためにベッドを新調したっていい。そんなスプリングが死んでるソファ、寝心地悪くて仕方がないだろ」

「何で俺が、あんたの囲い者みたいな生活しなくちゃならないんだよ」

さすがにそこまでしてもらうのは、伏原にも抵抗があった。

「幽霊と寝て日銭稼ぐことには抵抗がないのに？」

吉岡が時々わざとこちらを挑発するようにこういう物言いをすることは知っている。素直に揺さぶられたら相手の思う壺《つぼ》だと、伏原はせいぜい不貞不貞しく見えるよう、鼻を鳴らして笑ってやった。

「寝てるって、実際セックスしてるわけじゃないんだけど」

「セックスより心中の方がよっぽど気持ちいいんだろ、伏原君には」

相手を鼻白ませるつもりで露骨な言葉を使ったつもりなのに、吉岡の返答で、却《かえ》って伏原の方がぎくりとしてしまう。

「君のはもう依存症みたいなものだから。セックス依存症と一緒、快楽に溺れてるだけ。ニンフォマニアってやつ？」

畳みかけるように言われて、伏原はひどく居心地の悪い気分にさせられた。

「ニンフォマニアは女に対して言うやつだろ」

どうにか言い返そうとして、そんな言葉しか出てこない。

「ならサチリアージス。何でもいいけどさ。結局擬似的な自殺を何回も繰り返してるみたいで、見ててこっちの胃が痛い」

「……何であんたが」

「うん？　言わないとわからない？」

「……」

訊ねておいて、伏原は結局聞こえないふりをしてしまった。吉岡は言葉を重ねることなく、勝手に始めた事務所の片づけを続けている。

（……まいったな）

やることもなくソファでだらだらと過ごしながら、伏原は天井を見上げて細く溜息《ためいき》をついた。

吉岡がそばにいることに、やはりどんどん慣れてきている。

最初の数日はとにかく腕が痛くて、やたら甲斐甲斐《かいがい》しい吉岡を邪険にする余裕もなく、素直に受け入れてしまったのがまずかったのだろう。

（まずいといえば、この前の仕事を一緒にやったこと自体が、まずかったんだ）

自分は他人と一緒にいるべき人間ではない。

少なくとも生きた人間と過ごすべきではない。

ましてや自分に好意を持っている相手となど、もってのほかだ。

吉岡と過ごしてみて、伏原は改めてそう思った。なのにこれまでの人生、誰かと馴《な》れ合うことがなかったから、努めてそうしなければならなくなった時、自分がどういう態度を取るべきかがわからなくて戸惑ってしまう。

（吉岡が押しかけてきてから、悪夢も見やしない）

吉岡は伏原の許可も得ずに自分の布団を持ち込み、物置代わりに不要品を押し込めてある部屋で寝起きしている。伏原は相変わらずこのソファで眠り、そして、毎日のように見ていたいつもの夢から遠ざかっていた。

それでも起き抜けに落胆する習慣は変わらない。今日も目が覚めてしまった。また朝が来てしまった。そう思うことを止められない。

なのに目覚めた時、同じ家の中に誰かの——吉岡の気配を感じて安堵《あんど》することだって、やめてしまいたいのに。

伏原はソファから身を起こし、相手を見上げた。

「吉岡さ。そろそろ家に帰ったら」

「え、嫌だけど」

改まっての伏原の提案を、吉岡は考える素振りもなく撥《は》ね付けた。

「薬飲んでればもうそんなに痛まないし、別に俺は大丈夫だよ」

伏原はどうにか喰《く》い下がる。

「伏原君が大丈夫とかはどうでもいいかな。僕はただこれ幸いと口実をつけてここにいるだけだから」

笑顔で、悪怯《わるび》れもせず言い切る吉岡に、伏原の頭が痛んだ。何を言っても手応えがない。吉岡は何が何でもここに居座るつもりなのだろう。理屈は通じない。通じさせる気が吉岡の方にないからだ。

「あんたがいると、困るんだ」

だったら伏原の方も、理屈を通そうとしても仕方がないだろう。感情で訴えるしかないと思い、できるだけ切羽詰まった口調で、そう告げた。

それでも吉岡には混ぜ返されるだけかもしれない。

「うんうん、伏原君は僕のことが嫌いなんだもんね。でも、だったら気兼ねなく何でもやらせるといいよ」

「……」

思ったとおりいい加減な返事で流そうとする吉岡に、伏原は今度無言を返す。

吉岡の方も、伏原が本気で言っているのだと理解したのか、小さく溜息を吐《つ》いた。

「わかった。じゃ、そろそろ真面目に話そうか」

不意にいつもの胡散臭《うさんくさ》い笑顔を消し、これまで見たことのないような真面目な表情になる吉岡の様子に、伏原はいやに狼狽《うろた》えてしまった。

「いや、話し合いをしたいわけじゃ……」

「伏原君に何か話してもらおうとは思ってないよ、話してくれたら嬉しいけどさ。でも僕の言い分は聞いてもらえる頃合いかなとは思ってた。君がこの間、僕と一緒の仕事を拒まなかった時点ですでにね」

この流れを作ってしまったのは自分自身だ。吉岡の指摘でそれに気づき、伏原は改めてこの男の甘言に乗って小学校へ一緒に向かってしまったことを悔やんだ。

吉岡と距離を取れればそれでよかっただけなのに、今この瞬間も、まるで正反対の行動を取ってしまっている。

そんな伏原の気持ちを知ってか知らずか——多分知っていながら、吉岡がソファに座る伏原の隣に腰を下ろした。

「僕はそもそも、生きてる人間っていうものに興味がなかったんだ。死んだ人間にも、全然」

一体何の話を始めるつもりなのかと訝《いぶか》りつつ、伏原は頷いた。

「……それはまあ……薄々……」

吉岡の仕事ぶりはとにかく潔い。危険な場所で他の人間が被害を被っても、吉岡はそれを助けて自分まで傷つくようなことを徹底的に避けていた。だからこそついた名前が『死神』だ。吉岡が誰かを殺しているわけでは勿論ないが、誰もが死ぬ目に遭う場面でも、吉岡ばかりが無事だから。

頑丈さと強運以外に吉岡を守っているのは、その潔い選択なのだろう。

「でも、自分の身を守るために取捨選択をするっていうのは、わかる話だし……」

「本当はね。僕は、僕の身の安全とかも、大して気にしてないんだよね」

「え？」

「結果的に助かっちゃうっていうだけで、そうそう神経を尖《とが》らせて安全地帯にいようとまでは考えたことがない。というか、どうして自分以外の人間がそうまで危険な目に遭ってるのか、理解できてない部分があって」

「……?」

首を捻る伏原を見て、吉岡が微かに苦笑した。

伏原が知る限り、彼にしては珍しい表情だった。

「自分で言うのも何だけど、僕はものすごく幸運で、恵まれた男なんだと思う」

嫌味か、と思ったが、吉岡の態度がこれ見よがしにそれを誇示しようとする雰囲気ではなかったので、伏原はとりあえず先を聞くことにした。

「聡明《そうめい》な両親の間に生まれて、裕福な家庭で育った。僕自身も賢くて、見た目も上等。運動させればあっという間にあちこちのチームから声がかかって、ピアノだのヴァイオリンだのを弾いてみればぜひ今からプロを目指して教育をとアドバイスの雨霰《あられ》、ついでめちゃくちゃ字が上手《うま》い。本当に、僕ほど幸運の星の元に生まれた人間もそういないと思うよ」

「マジで自分で言うなよ」

堪えきれず、結局茶々を入れてしまったが。

吉岡が笑う。

「何やってもそれなり以上にできちゃうからさ、僕は。だから、できない人の気持ちがわからない。想像はつくから『人当たりがいい』なんて言われるような立ち回りはできるけど、根本的に、劣等感を持つ人間の心がわからないんだよ。叶《かな》わない夢を目指して頑張る気持ちとか。だって僕は、やれば何でもできるからさ。逆にやりたいこととか夢とか展望とか羨望とか切望とか、そういうのがまったくなかった」

尊大で傲慢に聞こえるような言葉を、吉岡はずっと困ったような顔で話す。

「彼女なんかも、周りが勝手に争った挙げ句に一番美人で一番賢くて一番オシャレな子が、僕の意志とは関わりなく僕の隣に収まった。友達も同じだったな。でも僕にとっては、誰が隣にいようと大した差はなかったんだけどね。自称一番の美人も、二番目も三番目も、学校一ブスだっていじめられてた子も、全然違いがわからなくて」

「……」

話を聞くうち、伏原は段々うそ寒い心地になってくる。

それは本当に恵まれていたと言えるのだろうか。

「その時その時で一番いい学校、一番いい会社に進んで、とんとん拍子に出世して、会長の孫娘なんかと結婚を前提にお付き合いまで始めて、でもずっと退屈だった。この前話したみたいに、呪殺されかけるまでは」

小学校で聞いた話だ。吉岡がいかに怪異と出会い、人生が変わったか。

「会長の孫と婚約してたのに、会社辞めたのか、あんた……」

「だって僕にとっては何ひとつ魅力も旨味《うまみ》もなかったからさ。でも、正直彼女の方から破談にしてくれたのは助かった。何だか急に、自分のことを好きでいてくれる人に対する申し訳なさとか、そういうのがわかった気がして、こっちから別れ話を持ちかけるのは少し気が重かったから」

人智の及ばざる体験をして初めて、吉岡は人間らしい感情を知ったということなのだろうか。

自分に霊感らしい霊感がないと知ってがっかりしたと言いながら、あの時妙に晴れやかな表情だった。自分に足りないものがあると知ったことは、吉岡にとっては喜びでしかなかったのかもしれない。

「結局あんたにとって魅力的なのも旨味があるのも、俺が心中屋なんて呼ばれるような人間だってことでしかないわけだな」

自分を大事にするのも、守ろうとするのも。

呪具や曰く付きの骨董品と同じだから。

そんなこと、とっくのとうに知っていた。何度も繰り返したやり取りだ。――なのに。

「あれ？　何で若干落ち込んでるの、伏原君」

顔に出したつもりはないのに、吉岡に訊ねられ、伏原は慌てて顔を逸《そ》らした。

「別に落ち込んではない」

「いや、明らかにテンション下がってるよね」

「……やっぱりあんたにとっては俺も古物も一緒くたなんだって再確認して、改めて失礼な男だなって思っただけだ」

「僕にとって、伏原君がとびきりの、唯一無二の掘り出し物だったたってことは否定しないけど。それは興味を持った切っ掛けでしかないよ」

顔を逸らしても吉岡が追いかけて覗《のぞ》き込んでくるので、伏原は困った。これ以上逸らしようがない。気づけば吉岡に覆い被《かぶ》さられる恰好になってしまっている。

「自分の世界が変わる前に君に出会っても、他の大勢と一緒くたにして見過ごしてたと思うと、心底肝が冷える」

「――俺より珍しいのに出会ったら、そっちに気を取られるんじゃないのか」

「それはないかな。だって生きてる人間の中では伏原君が一番気になるってわけじゃなくて、伏原君しか気にならないから。自発的に抱きたいと思う相手なんて、他にいないよ」

「だ……」

「前に曰く付きのものだのに欲情するような変態って言われたけどさ。さすがに物品に性欲を感じるほど高度な嗜好《しこう》は持ってない」

「待って……ちょっと、近い」

気づけば吉岡に、怪我をしていない方の手を取られている。

今にも抱き締められそうなほど間近に迫った相手に、伏原は動揺していた。

「あの、手、痛いから」

「ごめん」

大して痛みなど感じていなかったが、吉岡は思いのほか素直に手を離し、身を引いてくれた。

そのことに落胆するとか、肩透かしを喰ったような気分になったとか、そういう自分から、伏原は全力で目を逸らした。

悪あがきだと、もう気づいてはいるのに。

「伏原君がまるで僕が君のことを大して好きじゃないと勘違いした上に、それでがっかりしてるように見えたから」

「してない」

伏原は思わず吉岡の言葉尻へ被せ気味に言ってから、慌てて口許《くちもと》を押さえた。これでは肯定しているも同然になってしまう。

「勘違いを？　がっかりを？」

物理的に身を引いても、吉岡の問いかけは畳みかけるように強引だ。

これまでも冗談のように繰り返しこんな言葉をかけられてきたけれど、伏原はいつもいい加減に躱《かわ》してきた。

そうすれば吉岡もそれ以上は深入りすることもなく、冗談で流してくれていたのに。

「何で今日はこんなにぐいぐいくるんだよ……」

「そろそろ真面目に話そうかって言っただろ？」

「……だから……何で急に、こんな」

「さすがにこっちの神経が摩耗しそうだから」

吉岡の声音が、再び真剣なものに変わる。

伏原はおそるおそる、逸らしていた視線を相手の方に向けた。

「伏原君が仕事をするたびに、毎度毎度死んじゃうんじゃないか、今度こそ心中を成功させちゃうんじゃないかって怯《おび》え続けるのに、嫌気がさしたんだよ」

「怯えるって……何で」

「僕は気が長い方だから、わからないふりをやめてもらえるまで何度でも繰り返すけどさ。僕が君を好きだからだよ」

伏原は耳を塞ぎたくなった。本当は吉岡がこれまで繰り返してきたそんな言葉なんて、鼻で嗤《わら》って聞き流すべきだと思うのに、それができない。

「他の誰が死のうが傷つこうが壊れようが消えようが、今でも割とどうでもいい。でも伏原君だけには生きていてほしいと思ってる。……死んでほしくない」

もう一度、吉岡が伏原の手を握る。

「……」

その触れ方で、吉岡がなぜ自分にそんなことを言うのかがわかってしまった。

伏原は小さく溜息を吐き出す。

「……あんたも知ってるわけか。まあ、知らないやつの方が珍しいか、この業界で」

「まあ、ね」

相槌を打つ吉岡の声音は、少しだけ歯切れが悪い。伏原は微かに唇の端を歪《ゆが》めるように笑った。

「別に俺から言いふらしたわけじゃないのに、そうそう大きなニュースにもならなかったみたいなのに、どうしてかみんな知ってるんだよな。俺が、本当の心中事件の死に損ないだって」

吉岡がじっと自分の顔を見ている視線を感じながら、伏原は再び相手から目を逸らした。

——伏原が十歳の時だ。あの子供たちのように、小学校に通っていた頃。

夫を不慮の事故で亡くし心を病んだ伏原の母親は、寝ている息子の首を絞めた後、自らの首を包丁で切って自殺した。

若くして子供を産んだ母親には頼れる実家や親族もなく、夫を亡くしたあとにひとりで息子を養っていけるような知識も強さも持っていなかった。

「……ずっとずっと悔やんでる。目を覚ました時、血まみれの母さんの腕や手の甲に、肉が抉《えぐ》れるくらいのひどい引っ掻《か》き痕がたくさんあった。俺がやったんだ」

目を覚ましてから先のことを、伏原はあまりよく覚えていない。

気づけば大人たちに囲まれてさまざまな言葉をかけられ、父方の祖父母という人たちに泣きながら抱き締められ、それから毎日毎日死ぬ夢を見ては、目を覚まして生きている自分に毎日毎日落胆し続けている。

「俺にまで見捨てられたって、きっと母さんは傷ついただろうな。父さんが死んだ後、誰も助けてくれないいって毎日泣いてた。俺が少しでも離れようとしたら泣き喚きながら殴るから俺は学校にも行けなくて、でも母さんと二人で、結構幸せだったのに」

父親から愛情を受けた記憶はあまりないし、亡くなる少し前あたりから家にも戻っていなかった気がする。伏原が生まれたのは「うっかりで痛恨のミス」だと言われた。「結婚してくれないと死ぬからって脅されて、家族とも縁を切る羽目になって、最悪だよ」「無理矢理にでも堕《お》ろさせればよかった」と、笑いながら子供に言うような人だった。

だから父親が二度と家に戻らなくなっても、伏原はちっとも寂しくはなかったのだ。

母親さえいれば、それでよかった。

「どうして抵抗なんてしたんだろう。嫌だとかやめてとか、言わなきゃよかった。でも苦しかった。怖かったし——死にたくなかった」

「……当たり前だ」

黙って伏原の独白のような言葉を聞いていた吉岡が、低く押し殺した声で言う。

いつの間にか自分の両手の爪の間を見下ろしていた伏原は、顔を上げて吉岡の方を見る。

いつものどことなく人を喰ったような雰囲気は完全に鳴りを潜め、触れたら痛むんじゃないかと思えるくらいの灼けるような怒りが吉岡の全身を浸しているのがわかって、伏原は再び目を逸らした。

「でも母さんは、俺を連れて行ってくれようとしてたのに。あのまま死にたかった。どうして俺は俺を誰より愛してくれた人を傷つけてまで生き延びたんだろうって、ずっと」

「そんなのは愛じゃない」

伏原の言葉を遮るように、吉岡が言う。

「……うるさい」

「そういうのは違うんだよ、真希」

「名前呼ぶなよ。俺をそんなふうに呼んでいいのは母さんだけだ」

小学校で吉岡に名前を呼ばれて、そこに誤魔化しようのない愛情を感じて揺らいだ自分が、伏原には許せない。

誰より自分を愛してくれた人を拒んでおきながら、赤の他人に心を奪われる自分なんて、あってはならないのだ。

だから伏原は、そんな自分の感情を、必死に否定する。

吉岡と、こんなに長く、近くにいるべきではなかった。

「真希」

耳を塞ごうとする伏原の腕を押さえて、吉岡が繰り返し名前を呼ぶ。

「……やめてくれ」

撥ね付けるつもりで出した伏原の声は、あまりに弱々しく、自分で聞いても情けないものになった。

「母さんが間違ってたなんて、そんなのわかってる。でも理屈じゃないんだ。自分でもどうにもならない。自分が生き続けてることが後ろめたくて仕方がない。あの人の愛に応えられなかったから俺も見捨てられたんだっていう恨みも、あの時からずっと消えてくれない」

吉岡が何か言おうと口を開くのを見て、伏原は力なく首を振った。

「こういう自分に、こんな俺の人生に、あんたを……誰かを巻き込むつもりなんてないよ」

だから、吉岡とは離れなければならない。

「俺はずっと、ただ自分の順番が来るのを待ってるだけだから」

自分ひとりでは死ねない。

眠るのも怖いのに。眠りに就く直前の、奈落の底に落ちるような感覚が毎日怖いのに。

寝ている間に死ねたらいいのになと割合本気で願っているのに、暗闇に吸い込まれるのが
――ひとりで死ぬことが、怖《おそ》ろしくて仕方がない。

「それとも……あんたが俺を愛《ころ》してくれるの？」

「……」

笑って訊ねた時、吉岡の顔が歪んだことに、伏原は驚いた。

怒るか、呆れるか、諦めるか、そのどれでもなく、吉岡がそんなふうに辛そうな顔をするだなんて思わなかったのだ。

(そうか)

黙り込む吉岡の態度に、伏原は自分で思ってもみないほどに傷ついた。

(この人も、俺を殺してくれるほどに愛してくれてるわけじゃないんだ)

母親は自分を遺して死んだ。ひとりで逝ってしまった。取り残された自分を顧みることは二度とない。

(俺はあの人の未練にはなれなかった)

いっそ化けて出てほしかった。見たくもない死霊や悪霊で渦巻くこの世界で、伏原はただ、母親の姿だけ見つけられない。

似た人を見て身が竦《すく》むのは、それが彼女じゃないと確かめることが怖ろしいからだ。

「……真希、僕は」

ためらいがちに言葉をかけながら伸ばされる吉岡の手を、伏原は力一杯払い除《の》けた。

「だったらあんたはいらないよ」

自分を好きだと言いながら、殺してもくれない。

そんな吉岡に惹《ひ》かれている自分なんて認めたくない。

認めてしまえば、生きている限り、愛してもらえないことを思い知らされなければならない。

った。

「そんな人生まっぴらだ」

歪んだ笑みが浮かぶ。自分が惨めで憐《あわ》れで仕方がない。吉岡なら、なんて思わなければよかった。

「真希」

「出ていけ」

怪我をした腕が痛むことも構わず、伏原は強い力で吉岡の体を押し遣った。

「二度と俺の前に顔を見せるな」

希望も期待も持ちたくない。——持たなければよかった。

これ以上吉岡がそばにいることに慣らされたくない。

「真希」

強い語調で名前を呼ぶ吉岡に、伏原は出会って以来もっとも強く苛立《いらだ》った。衝動に任せて吉岡の体を両手で殴りつける。

「真希、傷が開く」

「名前呼ぶなって言ってるだろ！　出てけよ、俺はあんたなんて大嫌いだ！」

声を限りに叫ぶ。

「わかった。——わかったから」

吉岡が深く息を吐き出し、伏原の手首を握って押さえ込んだ。力で吉岡に敵《かな》うはずがないのに、伏原はそれでもなお闇雲に腕を動かそうとする。

「もうやめてくれ。君に僕の言葉が届かないことは、充分わかったから」

傷ついたような、諦めたような吉岡の声を初めて聞いた。伏原はようやく動きを止め、深く項垂《うなだ》れる。

自分が滅茶苦茶なことを言っていることなんて、伏原だって本当はわかっている。

「……本当に、どうにもならないんだ。俺だってどうにかしたい。でも。……ごめん」

消え入りそうな声で言う伏原の頬に、吉岡の指が触れた。

仕事の時につけている革手袋が今は外され、直接触れられることを嬉しいと思う気持ちから、伏原は全力で目を逸らす。

その心地よさに溺れることに耐えられない。

「謝らないで。僕の気持ちが君にとってひどいものだって思い知らされてるみたいで、なかなか応えるよ」

ごめん、と伏原はもう一度、声にならない声で呟いた。

吉岡が微かに笑う。

「でも覚えておいてほしいけど、僕は多分すごく諦めが悪いからさ。こういう、もっとひどいこともできるし――」

吉岡の言葉が途切れ、その唇が伏原の唇に触れる。

伏原はじっと身動《みじろ》ぎもせず、されるまま吉岡にキスされた。

拒むことも受け入れることもない伏原を見て、吉岡が困り果てたようにまた笑った。

見ている伏原の胸が締め上げられるように痛むような、そんな笑い方だった。

「……今日は一度家に帰るよ。これ以上伏原君の傷がひどくならないうちに」

少しだけ冗談めかした口調で言いながら、伏原から身を離し、吉岡がそう告げる。

「一週間も空けっぱなしだったから、ちょっとやること溜まってて。あ、言っておくけど、戻ってくるからね？」

「……」

伏原は黙って小さく頷いた。

指先で伏原の頬と目許を撫《な》でてから、吉岡は完全に離れていった。

「食事、ちゃんと摂るんだよ」

それだけ告げて、吉岡がソファから立ち上がる。

伏原がぼんやりとソファに座ったままでいるうち、一度物置部屋に引っ込み、荷物を纏《まと》めて姿を見せてから、「じゃあね」と笑って吉岡は伏原の部屋を出て行った。

引き止めたい衝動を、それこそ死に物狂いで我慢する。

玄関のドアが閉まる音と通路を歩く足音を聞き届けてから、伏原はソファの上にどさりと身を投げ出した。衝撃で腕が痛んだが、それで罰を与えられたみたいだと思った自分に気づいて、心底うんざりした。

そんなことくらいで、吉岡にあんな顔をさせてしまった罪悪感が帳消しにできるわけもないのに。

（もう十三年も経ってるんだぞ）

全部忘れたい。もっと強くなって乗り越えたい。

自分ばかりが不幸だという顔で生きていたくはない。

死にたいなんて思いたくない。

（なのに）

伏原はそっと自分の首に指で触れた。

緩く目を閉じ、そのまま両手で強く首を絞めてみる。

（ああ。やっぱり、駄目だ）

苦しさに漏れる吐息がどうしても甘い。

どうしても——愛する人と二人きりだった、愛する人がすべてだった、あの時の恐怖と恍惚《こうこつ》
が忘れられない。

◇◇◇

翌日、一週間ぶりに母親に殺される夢を見た。

せっかく一緒に連れて行ってくれようとしたのに、どうして拒んだのかと自分を責め、悔やんで、泣きながら目を覚ました。

吉岡は伏原の事務所に顔を見せなかったが、朝早くからメッセージだけは届いた。ちゃんと食事は食べたかとか、酒は飲んでいないだろうなとか、声や声音が想像できるようなうるささだ。目覚めの気分は最悪なのに、おかげで酒でやり過ごすこともできない。

伏原は適当なスタンプで素っ気ない返事をして、吉岡に会えない寂しさと安堵感を一緒くたに味わった。

泣きたくもないのに涙が零《こぼ》れるのが情けない。

(弱りすぎだろう)

立て直さなくてはいけない。今日も死ねなかったのだから、生きているしかないのだ。

そうは思うのにソファから体を起こすことができなかった。縫い付けられたように体が重たい。それでも悪夢のせいで汗だくになった体をどうにかしたくて、シャワーを浴びるために這いずるようにソファを下りた時、起動させっぱなしのノートパソコンがメールの受信音を鳴らした。パソコンに届くメールは仕事絡みのものだけだ。連絡先は仲介人にしか教えていない。

『心中屋』を始めた高校時代からずっとこのやり方だ。

伏原はまた這うようにパソコンデスクに近づいた。いつもならパソコン本体を探し出すのにも苦労するのに、吉岡が掃除ばかりでなく執念深いほど整理整頓までしてくれたから、すぐにメールが確認できた。

やはり届いたのは仕事の依頼だった。

都内近郊のマンションで、二十代から三十代の若い男性ばかり立て続けに病死する部屋がある。

十年の間に二人死に、今は三人目が衰弱して倒れていたところを家族に発見され、入院している。意識不明だが原因はわからず、家族により霊視を依頼された別の同業者たちが、全員匙《さじ》を投げている。

『自分では手の施しようがない』

女の霊がいるらしいと、口を揃えている。

死んだ二人と意識不明の一人は恋人と同棲《どうせい》していると周囲に告げていたが、誰もその相手を見たことがない。

同棲相手はその女なのだろう。

男に取り憑《つ》き、弱らせて、自分の元に呼び寄せようとする。だが相手が死んでも女は満足せず、次へ、次へと別の男を求める。

女はおそらく、今のマンションが建つ前にあったアパートで、男と暮らしていた会社員だ。婚約までした男の浮気に絶望し、その男を殺して自らも命を絶った。

男との同棲生活を過ごしたアパートが取り壊されたのに、悪霊と化した女は消えることがない。場所に縛られた霊のほとんどは、その場にある建物を壊せば一緒に消える。なのにその女は消えなかった。相当深い恨みを持つ、強い霊だということだ。

それを長々説明するメールの文章は、まるで出来の悪いホラー映画のあらすじを読んでいる気分になって、伏原は何だか笑ってしまった。

(何とも俺向きの案件じゃないか)

男に裏切られ、無理心中を図った女。

見事完遂したのに、まだ彼女がひとりきりこの世に残っているのは、一体なぜなのだろう。

「聞いたら、教えてくれるのか?」

笑いながら、伏原は返信を打った。他の同業者は臨場しないことを条件に請けることにする。自分一人であれば請け負っても構わないが、他にも人を呼ぶのならば断ると。

もしもまた吉岡と現場がかち合ってしまったら、どんな顔をすればいいのかがわからなかったのだ。

仲介人からはすぐに返信が来た。具体的な場所と契約内容について、一人で行くのは危険だが本当に大丈夫なのかという念押し。

伏原はすべて大丈夫だとさらに返事をして、ノートパソコンを閉じた。

5

依頼を受けた翌日、伏原《ふしはら》は早速件《くだん》のマンションに向かった。いつものモッズコートに財布とスマートフォンを突っ込んだだけの、身軽な出勤だ。

人によっては――吉岡《よしおか》などは霊やそれに取り憑《つ》かれた人や場所などに関する予備調査をするようだが、伏原にはメールの説明で充分だった。どうせいつでも出たとこ勝負だ。霊に対する知識など持っていない。自分の経験上でしかわかることがない。

メールで知らされたマンションの住所は、電車を乗り継いで一時間半ほどの場所にあった。電車に乗るのが久しぶりで、伏原は平日の昼間だというのに人の多さに酔いそうになった。最近はどこに行くのも吉岡が車を出してくれたから、ずいぶん楽をしていたものだと思う。吉岡は車のドアの開け閉めすら甲斐甲斐《かいがい》しくしてくれて、怪我《けが》をしているとはいえあまりに至れり尽くせりだから、最初は鬱陶しい気もしていたのに段々慣れてしまって――。

（……いや、いちいちあいつのこと思い出さなくていいから）

何かにつけ吉岡のことばかり考えている自分に気づいて、伏原はうんざりする。拒んでおいて未練がましい。

気長だからと言っておきながら、こっちの言葉に容易《たやす》く傷ついて帰ってしまった相手なのに。

自分を見捨てていなくなった人なのに。

諦めが悪いなんてきっと口先だけだ。もう諦めているから、今自分の隣にいないのではないのか。

「……っ」

伏原はいつの間にかきつく奥歯を噛《か》み締めている自分に気づいて動揺した。電車の中にいることを忘れて、両手で顔を覆いたくなる。

(……駄目だ……止まらない)

後から後から湧いてくる疑念と苛立《いらだ》ちが、自分で制御できない。

(母さん以外のことで、こんなふうになるなんて)

止めようと思っても自分や母親を責めるような思考になって感情に押し流されそうになるのはいつものことだったが、吉岡相手にまでこうなることは予想もしていなかった。ひどく不安定だ。

(……こんな状態で仕事になんて行って大丈夫なのか、俺)

そう思いはしたが、たった今、目的の駅に着いてしまった。仕事に対する義務というよりは、ただすべてが億劫《おっくう》すぎてこのまま家に引き返す気にはなれず、伏原は結局電車を降りると、ひとまず駅近くにある賃貸仲介業者の店に立ち寄った。

「お兄さん、大変でしたね。早くよくなるといいんですけど」

仲介人にメールで指示された通りの名を名乗ると、対応してくれた若い女性スタッフが気の毒そうに伏原に言った。伏原は入院中の男の身内という立場で、あらかじめ仲介人が一時的に鍵を借りる手筈《てはず》を整えてくれていた。

女性がやけに気の毒そうな顔をしているのは、おそらくマンションに長々居座る女の噂話《うわさ》でも耳にしているからだろう。曰《いわ》く付き物件を、男がいかにして借りることになったのか。幽霊なんていないと笑い飛ばす性格だったのか、あるいは妙に安い家賃に釣られたのか。何にせよ、まさか自分が取り殺されそうになるだなんて、想像もしていなかっただろう。

女性から鍵を受け取り、伏原は店を出た。

そこからさらに向かったのは、徒歩十五分ほどの単身者用マンションだった。

何の変哲もない七階建ての鉄筋コンクリート造。

だがそこに近づくにつれ、伏原の足が重たくなる。

「これはまた……」

つい呻《うめ》くような声が漏れた。自分だったらこんなマンションに住みたくないし、近所をウロつくのも御免だ。一歩進むごとに息苦しい。空は晴れているはずなのに視界が暗くなる。伏原はこれ以上進みたくなくて仕方がないのに、すぐ側《そば》を主婦らしき女性が軽快に自転車で過ぎ去っていく。これをものともしない人がいる、むしろそういう人の方が世の中には多いということに、いつもながら驚く。

伏原自身も、ずっと小さな頃は霊など見た覚えもなく、幽霊だの怪異だのすべて作り話として楽しむものでしかなかった。見えるようになったのは母親に『殺されて』から。いや、甦《よみがえ》ってからか。そうならなければ、母親の姿が見えないことに失望しつづける人生なんて歩まずにすんだのに。

（……いや、母さんのことは、忘れろ）

気を抜けばすぐに浮かぶその人のことを頭から追い出し、伏原は目の前のマンションに意識を向けた。

（いる）

意識して視《み》ようとしなくてもわかるほどの存在感が伝わってくる。相当な力を持つ悪霊だと肌でわかる。さっきから鳥肌が止まらなかった。

マンションのエントランス前に辿《たど》り着き、取り憑かれた男が住んでいたという六階を見上げて、ここに身ひとつで乗り込んでいくことを考えたら、伏原には笑えてきた。

窓の中が不自然なくらい真っ黒だ。

「やだなあ……」

嫌だが、一度請けた仕事を放り出すわけにはいかない。そんなことをすれば、二度と依頼が来なくなる……とまではいかなくても、信頼を失って頼られる回数は減るだろう。就職どころか、まともにアルバイトをした経験すらない自分には、これで生きていく以外に術《すべ》がないのに。

(別にそれで飢え死にしたって構わないんだけどさ)

萎えそうな足を無理矢理叱咤《しった》して、エントランスの中に入る。

『ずっと自分が死ぬのなんて怖くないって顔してる人が、本当、何をそんなに怯《おび》えてるんだろうね』

エレベーターを使って六階に上がりながら、思い出すのは吉岡の言葉だ。

「……本当、俺は何が一番怖いんだろうな」

自分でもよくわからない。ひとりで取り残されること。好きな人に見捨てられること。好きな人を傷つけること。死ぬこと。死ねないこと。

六階に着き、エレベーターを降りるとさらに息苦しさを感じた。空気がまるでゼリーのようで、吸うにも吐くにも苦労する。このマンションに人が住んでいることが、伏原にはもう信じられない。通路からすでに冷気が漂っていた。

通路を進み、西端の部屋のドアを、借りた鍵を使って開ける。

途端、異臭が漂ってきて伏原は顔を顰《しか》めた。空気の冷たさよりも、臭気がひどい。

中はそこそこ広いダイニングキッチン。廊下はなく、玄関の向かいがキッチンだ。伏原は壁のスイッチで明かりをつけた。見た感じ築浅の小洒落《こじゃれ》た造りだったのに、床にもベッドにもごみだの洗濯物だのが積み上がってひどい有様になっている。臭気の原因はこれか。

倒れていた男をみつけたのは家族だというが、この部屋が片づけられずに放置されているのは、その家族もきっとこんな場所に長居するのが嫌だったからに違いない。臭いのせいか、あるいは電気をつけているのに暗すぎる部屋のせいか、ここにいる何かの気配を感じたせいか。

伏原には、その何かの姿を見つけられなかった。

部屋全体が濃い霧に包まれたように黒く霞《かす》んでいる。

「――お邪魔します?」

こういう場合にどう呼びかけるのが正解なのかいつもわからないが、とりあえずそう声を出してみた時、部屋の隅にスウッと背の高い女性の姿が浮き出て伏原は言葉を失った。体が強張《こわば》り、身動きが取れなくなる。

女が突然現れたことに驚いたわけではない。

その女の立ち姿が、柔らかく波打つ長い髪が、折れそうなほど細くて白い四肢が、あまりに自分の知っている人に似ていたせいだ。

「……お母さん」

まだ春には遠い時期なのにノースリーブのワンピースを身に纏《まと》い、深く俯《うつむ》いていた女が、伏原の呟《つぶや》きを聞き止めたようにぐるりと首をこちらに向けた。

「……ッ」

白目のない赤い瞳が伏原を捉える。まずい、と思って反射的に後退《あとずさ》った伏原の視界いっぱいに女の顔が広がる。気づいた時には背中に床が当たっていた。

「ただいま、でしょう？」

ひび割れて歪《ゆが》んだ声で言いながら、伏原を見下ろし女が笑う。

「おかえりなさい、あなた」

「――」

じっとりと背中に湧き上がる冷や汗を感じつつ、伏原は喉が張りついたようになって、声を出すことができなかった。

女の関心が自分に強く向いているのがわかる。

じっと自分をみつめる赤い瞳を伏原も見返した。

（駄目だ）

目を見てはいけない。みつめてくる瞳を見返すなんて愚かなことだ。わかっているのに、どうしても目が逸《そ》らせない。

「寂しかった。もうどこにも行っちゃ駄目よ」

この部屋の住人は、入院したまま戻ってこない。

今まで彼女が取り殺した男も、二度と戻ってはこない。

「……あんたはせっかくうまいこと心中に成功したのに。何で満足できなかったの？」

聞きたかったことを、伏原は掠《かす》れた声で訊《たず》ねた。重たい空気に押し潰されるように喉と肺が苦しい。

「殺して、好きな人を手に入れたんだろう?」

「……だって」

悲しげに、白目のない赤い瞳が伏原を間近で見下ろして揺らぐ。

「もう名前を呼んでもらえない」

血のような女の涙が、ねっとりと蜂蜜のように伏原の顔に垂れていく。

「いつもいつもいつも私はひとりなの。ひとりは嫌。置いていかないで。どうして私だけ残して行くの? どうして連れて行ってくれないの? どうして?」

「……」

ああそうかと、伏原は納得する。

殺したせいで、男は二度と女の名を呼ぶことも、女を見つめ返すこともない。

自分で殺しておきながら、彼女はそれを悲しんでいる。

「どうしたら一緒に逝ってくれるの? どうしたらあなたは私のものになるの?」

きっといつも、殺してから気づくのだ。自分がどれだけ大切なものを失ったのか。

だからずっと、この場所から動けない。

(……母さんは俺が死んでも、悲しくなかったのかな)

あの人は、息子を殺しても、それを悔やむことなく逝ったのだろうか。

(だって俺を殺したかったわけじゃないんだろうから。——父さんのところに行けたんだか

ら）

　たとえ息子が死んでも、殺し損なったとしても、大した違いはなかったのだ。

（ひとりで置いていくのは不憫《ふびん》、くらいには思ってくれたのかな……そうだったら、いいけど）

　それももう、たしかめようのないことだ。

目の前の彼女と違って、あの人は、自分を殺しに化けて出たりもしてくれなかったのだから。

「ねえ、あなた。今度こそ、私だけのものになって」

　最初に伏原を振り返った時、女も相当美しいのがわかった。なのに今伏原を見下ろす顔は、異様に歪んでいる。そこには恨みや憎しみはなく、悲しみだけだった。きっともう自分の名前も忘れているだろう。目の前にいる伏原が、自分の愛した、自分を裏切った男ではないということもわからず、ただ悲しみと熱望だけでここにいる。

「もうひとりにしないで」

　そんなに愛されている彼女の最初の男が、伏原には羨ましくて仕方がなかった。

「私も連れて行って。ねえ？」

　唇を吊《つ》り上げて女が笑う。唇の端は耳まで届くほどに大きく裂けている。

　覆い被《かぶ》さってくる女の長い髪が伏原の顔にかかる。それがちくちくと痛くて、こそばゆくて、頭を振って振り払いたい衝動をこらえながら、伏原も女に笑い返した。

「いいよ。一緒に逝く?」

ドン、とどこかで何かを殴りつけるような大きな音が響いた。

女はじっと、伏原をみつめたまま動かずにいる。

「俺もう、疲れちゃって。いい加減楽になりたいんだ」

自分から、伏原は女の手に触れた。氷の方が温かみを感じるのではというくらい冷たくて、触れているだけで痛い。その指先をぎゅっと握り込む。

女の顔が間近になり、伏原には赤い瞳しか見えなくなった。

ドン、とまた大きな音がして、背中の床にまで響く。

「私のこと愛してる?」

疑《うたぐ》る口調で訊ねた女に、伏原は微笑《ほほえ》んだ。

「君は?」

「……」

一瞬、女の全身から悲しがるような感情が伝わってきた。

「愛してほしい。最後まで一緒にいて。もうひとりは嫌なの」

自分が言ったのかと思った。伏原は笑ったまま、女に頷《うなず》く。

「一緒にって約束してくれるならいいよ。置いていきたくないんだ。置いていかれたくもない」

「……そう……」

女の冷たい手が伏原の手を握り返し、指が絡められる。

「そうか。おまえが心中屋か」

低く歪んだ声で女が言った。

「死に損ないが……」

この場に囚《とら》われ続けている彼女が、自分の噂話などどこで聞いたのか——伏原は悪霊にまで届いている自分の二つ名を聞いて、苦笑いをするしかなかった。

「使い古しの骨董品《こっとうひん》は嫌かな」

自嘲気味に呟いた時、女の体から噴き出る恨みに混じって、憐《あわ》れむような気配を感じた。

「あなた、どうして生きてるの？　どうしてこれで、生きていられるの？」

この人は本当に、自分みたいなことばかり言う。

それは伏原自身、ずっと自分に問いかけてきたことだった。

「死ねないからに決まってるだろ」

ドン、ドン、と大きな音が止《や》まない。さすがにうるさくて、伏原は少し眉を顰《ひそ》めながら女を見上げる。

「ちゃんと殺せよ。あんたならできるんだろ」

「——」

伏原はどことなくためらうような様子を見せる女の手を、自分の胸に押し当てさせた。女が腕を引こうとするのを許さず、半ば無理矢理に引き寄せる。

ずぶりと、女の手が伏原の中に潜る。

皮膚が裂けることも肉が穿たれることもなく、まるで沼に沈み込むように伏原の体は氷よりも冷たく固い手を受け入れる。

「ああ……」

知らず伏原の唇から呻き声が漏れる。血も流れず、痛みもないが、ただ苦しい。体の奥の奥から全身を圧迫されるようで、うまく息ができない。体が勝手にがくがくと小刻みに震える。開けていられずきつく瞑《つむ》った瞼《まぶた》の端から涙が零《こぼ》れる。

苦しくて、苦しくて、苦しくて——でも、脳が痺《しび》れるように気持ちいい。

涙で歪んだ目を凝らすと、間近で自分をみつめる女の視線とかちあった。

女はまだ憐れむような目を伏原に向けていた。

(何で)

女だけではない。これまで一緒に死のうと、心中しようとしてきた霊たちは、皆等しくそんな眼差《まなざ》しで伏原を見ていた。

(どうしてそんな、可哀想《かわいそう》なものを見る目で俺を見るんだ)

ただ一緒にいたいだけなのに。

愛してほしいだけなのに。

「頼むよ……嘘《うそ》でもいいから愛してくれよ。ちゃんと、殺してくれよ」

震えながら、浅い呼吸の中で、伏原は声を絞り出す。

「そうしたら、俺もあんたを愛してあげるから」

ドン、と狂ったように響き続ける音を背に、伏原を見下ろす女の表情が少し和らいだ。

「そうね。これで、私も」

「……っ……ぐ……！」

「私もようやく」

喉が閉まる。肺の中から空気が絞り出されるような苦しみに襲われる。抱き締めるように自分の体に回された女の腕を掴《つか》んだりしないように、伏原は床に爪を立てた。

（ああ、やっと、俺も）

これで終わる。全部終えることができる。もう何にも苦しまなくていい。ひとりに怯えることと以上に辛《つら》いことなんて、伏原の人生には存在しなかった。

苦痛と陶酔に身を浸しながら意識を失う寸前、きつく瞑った瞼の裏を、閃光《せんこう》のように誰かの姿が過《よぎ》る。

（吉お――）

ドン、と一際大きな、凄《すさ》まじいほどの音がして、伏原ははっと目を見開いた。

「伏原君！」

耳に届いた叫び声と同時に、急激に空気が肺に入り込み、伏原は喉を押さえて咳《せ》き込んだ。身を捩《よじ》りながら噎《む》せ返る。

（何……）

繰り返し咳き込みながら涙目で頭を上げ、振り返ると、玄関のドアがなくなっていた。

いや、玄関の方に、鉄製のドアが倒れている。

そのドアを踏み越えて近づいてくるのは、たった今伏原の脳裡《のうり》に甦ったばかりの吉岡の姿だった。

「何やってんだ、バカ！」

怒声と共に、ぐいっと、力任せに体を起こされる。伏原はそのまま相手の胸に顔を押しつけ、またげほげほと咳《せき》を繰り返してから、ようやく深く呼吸ができるようになった。

「吉岡……？」

伏原を片腕で抱き寄せたのは間違いなく吉岡だ。反対の手に玄翁《げんのう》を握り、その先を、部屋の半ばまで後退った女に向けている。

「何でここに……」

「鉄製のドアでもぶっ壊せるものだね。鍵がかかってるだけなら逆に壊せなかったかもしれないけど」

にこりともせず、女を睨《にら》み据えたまま吉岡が言う。

ドンドンとうるさかったのは、女の起こした霊障のせいではなく、吉岡がドアを破壊する音だったらしい。玄翁で叩いただけで起きるような音ではなかった気がするのだが。

「本当に滅茶苦茶だな、あんた……!?」

「滅茶苦茶なのはどっちだ！」

座る伏原の背を抱く吉岡の腕の力が、痛いほど強くなった。

「一人で二人も取り殺した悪霊のところに行ったなんて聞いて、こっちがどんな気分になったと思う」

女は険しい顔で吉岡の方を見ている。吉岡が無理矢理部屋に入ってきたこと自体が気に入らない上、軽く吹き飛ばされたことに激怒している様子だった。

(その悪霊を多少なりとも吹っ飛ばせる方が滅茶苦茶だろ)

言い返したかったが、吉岡といい女といい怒りが凄まじくて、伏原は下手に何も言えない。

「――あんまり彼女を刺激するなよ、この建物ひとつで収まってるのが奇蹟《きせき》なのはわかるだろ」

霊感のない普通の人間でも、マンションの中にいれば、それだけで彼女から何かしらの悪影響を受けているはずだ。暗い気分になったり、怒りっぽくなったり、疲れやすくなったり、悪夢に魘《うな》されたり。

先日まではこの部屋の住民に、今は伏原に彼女の関心が向けられているからそれだけですんでいる。彼女の怒りが広がれば、伏原にも、吉岡にも、他の誰にも止めようがなくなってしまう。

（というか、俺のせいでもっと力を強くしてしまった……気がする）

心中を持ちかけたことで、女の期待が高まっている。

その約束を反故《ほご》にした時の彼女の怒りようを、伏原は想像したくもなかった。

「俺がどうにかするから、あんたは引いてくれ、吉岡」

「冗談じゃない」

伏原の言葉をも、吉岡は考えるまでもないというふうに、即座に撥《は》ね付けた。

「バカなことを言うんじゃないよ、伏原君。彼女相手じゃ、君は本懐を遂げちゃうかもしれないだろう」

「……」

そういう予感はあった。今まで何度も心中未遂を繰り返して自分ばかり生き残ってきたけれど、彼女が相手であれば、今度こそ、ちゃんと死ねるのだろうと。

「僕がそんなこと許すはずないことくらい、わかるよね」

「……あんたには関係ない」

一昨日《おととい》、自分を置いて、逃げたくせに。

言外にそう言った伏原を、吉岡が怒りを隠す気もないらしい目で見下ろした。

「一昨日尻尾《しっぽ》を巻いて逃げ出したことは悪かったと思うけど、さすがの僕でもガチでヘコんだんだから仕方がないだろ。君の前で心底ヘコんだ姿を見せるよりはいくらかマシだと思ったんだよ。でもこんなところに一人で来させるくらいなら、いくらでもみっともなかろうが君を困らせようが、泣き喚《わめ》きながら無様に縋《すが》ってやればよかった」

「……そんなことしないだろ、あんたは」

無様な吉岡なんて、伏原には想像がつかない。

「ここのドアを開けるまでの無様っぷりを見せてやりたいよ。君が一人でこんなところに向かったって聞いて、泡を喰《く》って追いかけようとして、あっちこっち車擦《こす》るわ、勢いよくボタン押しすぎてエレベーターのボタン壊すわ、エレベーターの扉も壊すわ」

「何で俺がここにいるってわかったんだよ。仕事を受けるのと引き替えに、誰も来ないようにしてもらったはずなのに」

「それは」

不審に思って訊ねた伏原に、吉岡が少しだけ言い淀《よど》んでから、諦めたように言《げん》を継いだ。

「伏原君の行く現場は常に把握できるよう、君の仲介人に金を積んで頼んであったからだよ。君が間違っても心中なんて成功させないようにいつだって必死で追いかけて、不審がられないように偶然を装って現場で顔を合わせるために、こっちがどれだけ苦労してると思ってるんだ」

「——」

吉岡とは、やたら現場がかち合うなと、常日頃から思ってはいたが。

厄介な依頼が最後に回されるのが心中屋と死神であることには間違いないので、ある程度の必然はあるだろうと思っていたが。

「わざとだったのか……」

「でなけりゃこうまで被るもんか」

吉岡は完全に開き直っている。

「君絡みでなけりゃ、商品の仕入れもできないような案件に僕は絶対に首突っ込まないからね。あくまで本業は古物商なんだ、趣味と実益を兼ねた仕事以外を請けるなんて、君に出会うまで絶対あり得なかったのに」

こうまで本気で怒り続けている吉岡というものを見るのが初めてで、伏原はどう答えていいのかもわからない。困ったような、頼りない子供のような顔で相手を見上げるばかりだ。

「君を絶対死なせないために、僕は僕で死に物狂いだったんだからな。なのに君は毎度毎度性懲りもなく心中したがるし、今もどうやら自分から彼女を誘惑してる始末だし。本当、冗談じゃない」

「……でももう、他に方法がない」

今回も、誰もが匙《さじ》を投げた挙げ句に伏原のところにまで回ってきた依頼だ。このまま彼女が誰も道連れにせずこの世から消える方法など、伏原には思いつけなかった。

「僕が何とかするから、君は引っ込んでおいで」

「……あんたにだって無理だろ。盗むか壊すか以外に、あんたに何ができるっていうんだよ」

「伏原君と同じことが」

「は――？」

「心中しても君が死なないのは、君に強い加護がついているかららしいよ」

「加護？」

「だっておかしいだろ、子供の頃から十年以上、何度も何度も試してるのに君は死ねない。その辺の霊如《ごと》きじゃ君を連れて行くことなんてできないんだ。――君のお母さんにも」

「何だそれ……」

心中を持ちかけるたび、憐れむように自分を見る霊たちの顔を、伏原は思い出す。

死にたがる自分を憐れんでいるのではなく、死にたいのに死ねない自分を憐れんでいたのか。

視線を向けると、女は相変わらず部屋の真ん中に佇《たたず》んでいる。先刻は彼女もそんな目で伏原を見ていた。今はただ、怒りと苛立ちに満ちた眼差しをこちらに向けるばかりだったが。

「死にたいなら他の方法を探さないと。まあ僕が、絶対許さないけど」

加護だとか何だとか初耳すぎて混乱するが、今はそこを云々《うんぬん》している場合ではない。

「俺と同じことをあんたがって、どういうことだよ」

「僕には特に加護はないらしいけど、ただ馬鹿みたいに強いからね、体も神経も運も。君以上に死なない自信があるから、試しにやってみる」

「あ、あんたに、できるわけがない……」

「さあ、やってみなくちゃわからないね。愛してあげて、愛してもらえばいいんだろ。人をこの世に留《とど》める未練なんて、大抵が寂しさを埋めたいっていう渇望だ。怖がらずに寄り添ってあげれば、満足して消えてくれる」

「死ぬぞ。俺はこの世の全部に見放されてるから死ぬこともできないだけで、そんなことしたら普通は死ぬんだ」

「見放されてるんじゃなくて、加護があるからだって言ったのに」

「でも、あんたにはその加護とやらがないんだろ！」

堂々巡りの言葉遊びをしているようで、伏原は焦りを募らせる。吉岡の腕を摑んで声を張り上げると、にっこりと、腹の立つような笑顔が返ってくる。

「大丈夫。僕は『死神』だから」

腹を括《くく》っている人間の顔だ。吉岡が自分の話など聞かないことはわかっていたが、黙ってやらせるわけにはいかない。

なのに焦燥する伏原を余所《よそ》に、吉岡は黙って立ち続けている女の方へと手を差し出した。

「さてお嬢さん、若い男ばかりを狙って取り殺すって聞いてるけど、僕も結構いい男だろ」

吉岡の思い上がった言葉に、女は不快げに顔を歪めている。だがその赤い瞳はじっと吉岡を捉え、少しも揺らいでいない。

そこには吉岡に対する強い興味と関心が宿っている。

死ねない自分なんかより、殺せる吉岡の方が彼女にとって魅力的なのではと考えたら、伏原は全身の産毛が逆立つほどぞっとした。

「ほら、彼女は、君じゃなくてもいいってさ」

「——あんた俺を好きだって言ったのに、他の女と心中するのかよ」

伏原は吉岡の腕に爪を立てる。吉岡が死ぬことだけが心配なわけじゃない。

この男が自分以外の誰かを腕に抱くことを考えるだけで、無性に腹が立った。

「言ったろ、君を死なせないためなら何でもするさ」

吉岡がたやすく伏原の手を自分の腕から外す。立ち上がり、女の方へと歩み寄る。

「やめろ」

声を絞り出すように制止しても、吉岡が止まる様子はない。

「僕がそう言って、君がやめてくれたことがあったか？」

「やめろよ！　頼むから……」

伏原の懇願に耳を貸さず、吉岡が再び女に手を差し伸べ、女がその手を取った。

抱き合う二人の姿に、伏原の体中で湧き起こったのは、恐怖と怒りと、それよりはるかに強い嫉妬心でしかない。

（こんな気持ちだったのか——吉岡も、ずっと）

胸の中がぐちゃぐちゃだ。嘔吐《おうと》しそうなほど気分が悪いのは、部屋のなかに広まる重たい空気のせいじゃない。

「やめてくれ」

女の指先が、さっき伏原にそうしたように、吉岡の胸の中にずぶりと潜り込む。吉岡が低く呻き声を上げた。あっという間に額に脂汗が浮かんでいる。

その表情に苦悶《くもん》ばかりでなく、わずかな恍惚《こうこつ》が滲《にじ》んでいるのがわかった瞬間、伏原は初めて自分以外の他人に向かって「死んでくれ」と願った。

（消えろ）

女の腕の中から、吉岡を取り返そうとその背を抱く。怪我をした腕が痛み、塞がりかけた傷口から血が滲む気がしたが構わない。

「頼む、消えてくれ」

伏原の懇願を、女の歪んだ顔が嘲笑《あざわら》う。より深く、その腕が吉岡の胸に入り込んだ。苦しげな表情で目を閉じる吉岡の唇から、吉岡のものとも思われないような動物めいた唸《うな》り声が漏れている。

「やめろ！」

「嫌。この人を連れて行く」

「あんたこの部屋に来た男なら誰だっていいんだろ！　俺はこの男じゃないと嫌なんだよ！」

伏原は拳を握り締め、目を閉じる吉岡の背中を殴りつけた。

「あんたも他の女の腕の中でうっとりしてるんじゃねえよ、俺のこと好きなんだろうが！」

声を限りに叫んだ時、吉岡の瞼がパッと開いた。女がどこか信じがたいものを見るような表情で吉岡を見た直後、咆哮《ほうこう》を上げながらその体が吉岡から部屋の壁際まで吹き飛ぶ。

「僕じゃないと嫌だって言った、今？」

「いっ、言ったよ！」

「僕のこと愛してるって言った？」

「それは言ってないけど――」

「何だ……」

床に倒れ込んでいた女が、ゆらりと立ち上がった。その顔の作りがもう判別できないくらい、怒りと憎悪で黒ずんでいる。

「伏原君が僕のことを愛してるから絶対死んでほしくないって願ってくれたら、何があっても死ぬ気がしないんだけどな」

「馬鹿なこと言ってないで、あれ何とかしないとだろ」

立っているのが辛いほどの圧力が部屋中に掛かっている気がする。軋《きし》む音を立てているのがこの部屋なのか、マンション全体なのか、自分の骨なのか、伏原にもわからない。

「もうこれ、僕か君かのどっちかが一緒に死んであげるからって言っても、聞く耳持たなそう」

「あんたが余計なことするから……！」

「悪いけど、余計なことだとは思ってない」

吉岡が伏原の手を摑む。

「彼女に殺されそうになった時、滅茶苦茶怖かった」

黒ずむ女の姿を見遣《みや》りながら、吉岡が伏原の指に指を絡めて、ぎゅっと強く握ってくる。

「君はあんなに怖ろしいことをずっとやってきたのか、ひとりで」

「……」

吉岡の顔がまるで泣きそうに歪むのを、伏原は言葉もなく見上げる。

「辛くて、気持ちよくて、怖かった。——何度繰り返したんだ、あんなこと。もっと力尽くで、ぶん殴ってでもいいから止めればよかった。万が一それで死なれても嫌だからできなかったけどさ」

実際吉岡は泣いていたのかもしれない。部屋の中が瘴気《しょうき》に包まれ、触れられるほど間近にいるのに、吉岡の顔がよく見えない。それが伏原には、もどかしくて仕方がない。

「……俺だって怖かった。あんたが死ぬかもって思ったら……俺以外の誰かと」

少し責めるような、拗《す》ねるような伏原の声を聞いて、吉岡が小さく笑った気がする。

「でも、だから、わかった。君にこれだけ伝えないで死ぬのは絶対に嫌だと思ったから、最後の最後で彼女を死に物狂いで拒んでよかった」

「……何が?」

吉岡が自分に何を伝えたいというのか。伏原は瘴気と共に部屋中、あるいはマンション中に広がる耳障りな雑音に聴覚を取られないよう必死に吉岡に目を凝らし、耳を澄ます。

吉岡が伏原を見返した。

「伏原君が辛いのは、お母さんと一緒に死にたかったからじゃなくて、一緒に生きたかったからだよ」

「――」

じっと自分をみつめて言う吉岡に、伏原は再び言葉を失《な》くした。

「どうせ恨むなら、殺してくれなかったことじゃなくて、生きようとしてくれなかったことに恨み言を言うべきだ」

「……そうか」

言われてようやく、伏原は腑《ふ》に落ちた。

どうしてこんなに簡単なことを、自分はずっと気づけずにいたのだろう。

連れて行ってほしかったのに拒んだことを悔いたのは、伏原も死にたかったからじゃない。ただ、あの人と一緒にいたかったからだ。

置いていかれたことが辛かったのは、もう二度とあの人と一緒にいられないからだ。

「……殺してほしいわけじゃなかったんだ、俺」

死ぬのが怖いのなんて当たり前だった。

生きたかったのだから、自分は。

ひとりきりではなく、誰かと。

「――で、ね。君に加護があろうがなかろうが、僕には一緒に死んであげることはできないけど、一緒に生きることはできる」

そっと頬に触れられて初めて、伏原は自分も先刻の吉岡のように涙を流していることに気づいた。

「……俺が生きてたら、あんたは嬉《うれ》しい？」

「勿論《もちろん》」

迷いの欠片《かけら》もなく、吉岡がすぐに頷く。

「そうか……」

ずっと、死ねなかったことが後ろめたくて、殺してもらえなかったことが悲しかった。

死なない限り誰かに愛されている実感なんて得られないだろうと、そう思い続けていたのに。

「さっきはどさくさ紛れになっちゃったから、もう一回言う。愛してるよ伏原君。だから、僕と生きよう?」

「……」

伏原は頷く代わりに、吉岡に手を伸ばした。自分からその体を抱き締める。泣いた顔をこれ以上見られたくないだけだったのに、吉岡が抱き返してくれる腕の力強さに目の眩《くら》みそうな幸福を感じながらも、伏原はまた自分の方から腕を放した。

もう部屋の中の濃い霧に呑《の》み込まれ、赤黒い淀みのようなモノになっている彼女に呼びかける。

「あのさ」

女の全身から、真っ黒な瘴気のような物が噴き上がっている。部屋中を、もしかしたらマンション全体を、その瘴気が覆っていた。瘴気の嵐に巻き上げられるように、床に散らばっていたごみが洋服が舞い上がり壁にぶつかっていた。

「俺とこいつは多分あんたには殺せないみたいだし、もし殺せたとしても、あんたはまた結局ひとりになっちゃうよ」

加護がどうのというのはぴんとこないし、吉岡の自称『死なない』ははったりかもしれない。だがどちらにせよ、このままでは彼女が満たされることなど永遠にありえないのだ。

「まだ人の形を保っている間に上に行ければ、今度また人として生まれ変われるかもしれない。

まあ何人か殺しちゃったから、時間はかかるかもしれないけど……」

「……」

女は伏原の言葉に反撥《はんぱつ》することなく、ただ、黙ってじっと佇んだままだ。

「生きて、もう一回、いい男つかまえなよ。俺もまだよくわかってないけど、死ぬよりも、生きる方がいいことが多いのかもしれないから」

「……」

「殺すのは愛してるってことじゃないらしいよ。本当、わかってない俺が言っても説得力ないだろうけど、こいつがそう言うしさ」

伏原は吉岡のスーツの袖を摑み、彼女の方を向かせた。吉岡はずっと伏原のことばかり見ていたので、何だか少し気恥ずかしかったのだ。

「寂しいのが嫌なら終わらせよう。もう一回……」

伏原は迷いながらも、彼女の方に片手を伸ばした。

いつものやり方なら、先刻同様、彼女に殺してもらえばいいだけだ。

（もう、やりたくはないけど）

吉岡が嫌だと言った。伏原自身も、吉岡以外の誰かとあんな交わりをすることなんて、二度とできそうになかった。

けれど彼女を送ってやる方法が、伏原にはそれしかわからない。

「できるよ、伏原君」

不意に腕が温かくなる。後ろから、吉岡が両手で支えてくれているようだった。

途端、伏原にもなぜか、それが「できる」とわかった。

「小学校でさ、子供たちを解放してあげた時のこと、思い出すんだよ」

あの時はわかりやすく、観測日誌というものがあったが。

じっと伏原をみつめる彼女に向けては、やはり愛を差し出すくらいしか思いつけない。

「一緒に逝ってあげられなくてごめん。でも……今度は俺が見送ってあげるから。吉岡もいるし。あんたはひとりじゃないよ」

迷うように、相手の形が揺れる。伏原は彼女に向けて両手を広げる。

ゆらりと、瘴気を纏った女が、伏原たちの方へと近づいてくる。

寄り添うように胸に体を寄せてくる女の体は、氷よりもなお冷たい。冷たすぎて全身が痛い。

それでも伏原は痛みをこらえ、女の体を抱き締めた。

女の腕は伏原の体を貫くことなく、脳が痺れるようなあの苦痛も快楽も味わうことなく、伏原は自分の中に宿る不思議な、温かいものが彼女の中にも行き渡るようただ祈る。

腕の中で、赤黒い瘴気に溶けかけていた女が、髪の長い、色白の、美しい姿へと戻っていく。

（何だ。それほど母さんに似てないな）

もっと気が強そうで賢そうな女だった。

「ありがと」

ぽつりと呟く女の声が聞こえた直後、バチンと目の前がスパークして、伏原は咄嗟《とっさ》に強く瞼を閉じた。

そして、突然なほどの静寂が訪れた。

◇◇◇

しばらくして伏原が目を開いた時、目の前には訪れた時とさして変わりない惨状があった。

ごみだらけの床に、シンクや洗いカゴにあったはずの食器まで砕けているが、部屋の中は妙にすっきりと見晴らしがよくなっている。

瘴気が消えていた。

彼女の姿もない。

心中した相手がいなくなった時は、目覚めた後、ひどい虚脱と喪失感に襲われる。あの感じが今の伏原の中にはまるでない。

「……」

無意識に、伏原は自分の胸の辺りに触れる。その奥に、まだあの不思議な温かさが残っていた。

（これが加護とかいうやつ？）

十三年前、これのせいで母親に殺してもらえなかった。

母親がどんな気持ちで自分に手をかけて、一人死んだ後に化けて出てくれることもなかったのか、実際のところはもう知る術はどうやったってないけれど。

（でも今、生きててよかったって思うよ）

そう思える自分が、伏原には嬉しかった。

「聞こえた、伏原君？」

問われて、伏原は胸の中だけではなく両腕にも温かさが残っていて、それがずっと支えてくれていた吉岡のものだと気づいて、また急に泣きたくなった。

それをぐっとこらえて、伏原は吉岡を振り返る。吉岡はこちらを支えるというよりは抱き込んでいると言った方がいいような恰好になっていて、伏原は動揺しつつ、それもどうにか表に出さないよう苦労した。

「き、聞こえたって、何が？」

「人を当て馬にしないでよね、って」

「え、俺には『ありがとう』としか……」

「うわー、えこひいき。ほんと君、好かれるよね霊の類にさ。僕は嫌われてばっかりなのに」

そう言いつつも吉岡の口調は軽い。

伏原は、改めて部屋の中を見渡した。

「……消えた……ちゃんと、上れたのかな」

伏原は自分の感覚でしかわからないが、未練をなくした霊は輪廻《りんね》のために「天に上る」感じがする。そうではなく「消え去る」「打ち砕かれた」悪霊は、少なくとも人の姿には二度となれない気がしている。

彼女は、どちらだったのだろうか。

「どうかな。やっぱり人を殺した魂だからね、生きてる時も、死んだ後も」

「……そうか」

息子を殺そうとして、自分自身を殺した母親も、もう二度と人としてこの世に生を享《う》けることはできないのだろうか。

「何にせよ、寂しくはなかったと思うよ。僕に嫌味っていうか、悪態がつけるほどだったし」

「……ところでそろそろ、苦しいんだけど」

さっきから、伏原の体を抱く吉岡の腕には力が籠もるばかりだった。

「……まだ何か怒ってんの？」

口調はいつもどおりなのに、吉岡の態度はどこか拗ねているというか、不満を訴えているように感じられて、伏原は困惑する。

「怒ってはいませんがね。心中に比べたらいくらかマシにせよ、好きな子が知らない女と抱き合ってたら、そりゃあ嫉妬もするだろっていうのをわかってほしいね」

吉岡は本当に拗ねていたらしい。伏原はさらに困って苦笑した。

「霊相手に嫉妬するなよ」

「どの口が。霊を相手に寝る男が」

「……もうしない。できないって、あんたこそ、わかってほしいんだけど」

そこで拗ねられては、吉岡の言葉で、この人と一緒に生きたいと願った自分が何だったのだという話だ。

むっとして小さく唇を尖《とが》らせていると、吉岡の唇がちょんとそこに当たった。

「……」

一昨日は何も応えられなかった伏原は、結局今日もどう返していいのかはわからないまま、ただ大人しく吉岡からのキスを受ける。

吉岡は繰り返し伏原の唇をついばみ、頬や瞼にも唇をつけてから、じっと顔を覗《のぞ》き込んできた。

「伏原君、こういうことするの、僕が初めて?」

二十三歳にもなった男のファーストキスがそれほど嬉しいものなのかと、期待の滲む吉岡を見返しながら、伏原は眉間に皺《しわ》を寄せた。二十三歳にもなってこんなことで照れるのもどうかと思ったから、赤くなりそうなのを必死にこらえる。

「生きてる人間とするのは、初めて」

「……」

答えた途端、吉岡が露骨にムッとするのを見て、伏原は声を上げて笑ってしまった。

その口を、また吉岡に塞がれる。今度は唇の中に舌が潜り込んできたので、伏原は慌てて吉岡の肩を押し遣った。

「ま……待って」

「嫌？」

「……人の家だぞ、ここ」

あ、そっか、と今さら気づいたように吉岡が呟く。

伏原は結局ひどく赤くなって、濡《ぬ》れた口許《くちもと》を手の甲で押さえた。

「途中でいろいろすごい音したけど、通報とかされてるんじゃ……」

「大丈夫じゃないか？　ここの階も下の住人もほとんど退去しちゃって、残ってるのはあの女の人の圧にも負けずに居座ってた剛の者だけらしいから」

依頼を受けた伏原が知らない情報まで、なぜか吉岡の方は把握している。

「通報されるなら、僕がドアを壊した時点でされてるだろうし。あー、ドアは弁償かあ、とりあえず君が借りた鍵を返しに行くついでに不動産屋さんに謝って……伏原君の仲介人にも連絡しなくちゃいけないし、その辺は僕がやっておくから、とりあえず君はあれだ、病院だ」

伏原の方も、言われてようやく、服の袖が血で汚れていることに気づいた。彼女に押し倒された時などに、傷が開いてしまったのかもしれない。

「危ない危ない。伏原君の怪我がなければ、場所は構わずやっちゃうところだった」

吉岡が片手で伏原の胴を抱き込み、髪に顔を埋めながら言った。伏原も、何となく吉岡の頭を掌《てのひら》で撫でる。しばらく二人でそうしていた。

「──よし、じゃ行こう」

名残惜しむように伏原を強く抱き締めたあと、パッと吉岡が体を離した。伏原は頷いて、吉岡と共に部屋を出る。

来た時に感じた嫌な空気は、やはりもうマンション内のどこにもなかった。

伏原自身、あんなに重たかった気分も、体も、嘘みたいに軽い。

「ほら見て、この惨憺《さんたん》たる有様」

エントランスを出ると、マンション前に駐《と》めてあった自分の車を指して吉岡が言う。高そうな外国製乗用車のリアバンパーはどこかに擦った痕で塗装が剥がれ、リアフェンダーも凹んでいる。テールランプのカバーには一部ひびが入っていた。

「うちのマンションを急いで出ようとして、駐車場で擦りまくって」

「……慌てすぎ」

「そこそこ冷静なつもりだったんだけどな。自動運転でよかった、途中で事故ってたら目も当てられなかったよ」

溜息《ためいき》を吐《つ》きながら、吉岡が先に助手席のドアを開けてくれたので、伏原は中の座席に収まった。すぐに吉岡も運転席に座り、シートベルトを締めようとしたその体に、伏原は横から乗り上げた。

「んっ？」

小さく目を見開く吉岡の唇に、自分の唇を押し当てる。

コンマ数秒戸惑ったような反応を見せただけで、吉岡はすぐに唇を開き、伏原の口中にまた舌を差し入れてきた。

これまで恋人なんていたことも欲しかったこともない伏原は、白状したとおり生きた人間とこんなキスをするのは初めてだったが、ただそうしたいという衝動のまま吉岡の舌に自分の舌を絡め、相手のやり方を真似《まね》て唇を食《は》んだりと、夢中になった。

「――嬉しいけど、ひとまず病院」

しばらくお互い熱心に接吻《くちづ》け合ったあと、断腸の思いで、という気配を滲ませて吉岡の方から伏原の肩を優しく押し遣った。宥《なだ》めるようにポンポンと二の腕を叩かれる。

「本当に嬉しいし、やめたくはないし、何で僕の方から中断を提案しなくちゃならないんだと腹すら立つんだけど」

「平気な気がする。ほら、血も止まってるし、痛くないし」

「駄目、病院行くから、ちゃんと座って」

袖を捲《まく》って本当に血が止まっている傷を見せても、吉岡は頑固に首を振った。伏原はしぶしぶと座席に座り直し、シートベルトを着けた。

「もしかして、何らかのご褒美だった?」

車を発進させながら吉岡に訊ねられ、伏原は軽く首を捻《ひね》った。

急にしたくてたまらなくなって、衝動的な行動だったのだが、そういえば何の衝動だったのだろう。

「いや……生きたいなと思ったから……か?」

思いつくとしたらその辺りだ。

「俺が生きようとして、そしたら何かやたらと、あんたに触りたくなった……からかも?」

自問自答で伏原が呟いたら、賃貸仲介業者の店がある駅方面に向かって真《ま》っ直《す》ぐ走っていた車が、急に道を逸れた。

「——伏原君、本当に傷、痛くない?」

「これっぽっちも」

本当は開いた傷口の辺りが何となくずきずきと痛んでいたが、伏原は平気な顔で嘘をついた。

車はそのままいくつか道を折れ曲がったあと、街中に普通のホテルのような顔をして紛れているホテルに入っていった。ブティックホテルとかプチホテルとか呼ぶ、休憩時間が設定されているタイプの施設だ。

幸い、と言っていいものか、この手のホテルを伏原も使ったことがあったので、表向きにはさほど動揺せずにすんだ——と思う。別に誰かと連れ立って入ったことがあるわけではなく、二度ほどこの手のホテルの除霊を頼まれたことがあるのと、遠方に行った時に他に泊まれるところがなくて、一人で寝泊まりしたことがあるだけだったが。

吉岡が黙って先導し、伏原は何となく下を向いて、吉岡が選んだ部屋に入っていった。中を見ると、いかにもそういう部屋というわけではなく、ビジネスホテルと大差ない造りだったことに少しほっとした伏原のことを、吉岡が背中から抱き締めてきた。

「いやー……人生初。気が長いとか言ったのは撤回します。家まで三十分くらいの道のりすら我慢できない」

しみじみと言う吉岡に、伏原はどう答えていいのかわからない。普通の部屋のようで、やたら主張の激しいサイズのベッドにばかり目が行ってしまう。

「言い訳していい？　いつもの僕だったら、絶対伏原君を病院に放り込むし、ちゃんとあの部屋の後始末をつけるんだけど」

「……まあ……一時間くらい遅くなっても、大差ないんじゃないか？」

フォローのつもりで伏原が言ったら、吉岡が肩口に顔を埋めてくる。

「一時間ですむかなあ」

「えっ」

「というか、もう、一晩中伏原君をどうにかしたい」

言いながらも、吉岡の手がごそごそ動いて、伏原のシャツのボタンを外そうとしている。

「どうにかって何……」

「おかしいな、僕は非の打ち所のない完璧な人間だった気がするのに」

「だから自分で言うなよ」

「いろいろままならなすぎて、伏原君に嫌われたらどうしようという、これも人生初めての緊張と恐怖がね」

ぶつぶつ言っている吉岡が何だかおかしくなってきて、伏原は小さく肩を震わせた。

これが同業者の間では死神とか呼ばれて嫌われている男の有様なのだから、笑わずにはいられない。

「——ああ、よかった、本当だ。一応もう血は出てないらしい?」

シャツのボタンを外しきり、コートとシャツを纏めて脱がせてから、吉岡が伏原の右腕に巻かれた包帯を見て呟いた。少しだけ滲んだ血の痕は、もうすっかり乾いて小さな汚点になっているだけだ。

どうせ吉岡には風呂上がりにタオル一枚の姿も見られているし、今さら羞じらう必要はない――と思いはするのに、こんなホテルのこんな部屋で上半身を裸に剝《む》かれて、伏原は顔を上げることができなかった。

俯く伏原の肩を摑んで体をひっくり返し、自分と向き合わせてから、吉岡が両手を頬に当ててきた。

伏原が大人しく目を閉じると、最初から熱っぽい仕種《しぐさ》の深い接吻けが始まる。

「……ん……」

舌を吸われ、口の中をなぞられて、その心地よさに伏原は心置きなく身をゆだねた。

狭い部屋の中で、少し身動《みじろ》いだら膝の裏にベッドが当たる。段々立っていられなくなって、伏原はベッドに腰を下ろした。その間にも口腔《こうこう》を舌で搔《か》き混ぜられ、気恥ずかしくなるような水音が伏原の耳を打つ。

キスを止めないまま、吉岡が伏原の隣に座った。

休みないキスがいい加減息苦しくなってきた頃、吉岡がようやく唇を離した。小さく肩で息をして、濡れそぼった唇を指先で拭いながら、伏原は吉岡がスーツの上着を脱ぎ、嵌《は》めたままだった黒革の手袋を外し、ネクタイを緩める様子をぼうっと眺めた。

何だかうまく頭が回らない。

「……吉岡、男とできるの？」

ぼんやりしていたせいか、ついストレートに訊ねてしまった。

「できるよ。というか伏原君を抱くつもりでいるよ、いつも」

「……いつもか」

「怪我してなければ、伏原君とっくに抱かれてたから、僕に」

もう一度、吉岡に唇を奪われた。

「伏原君も、生きてる人間とできるの？」

この質問にはまじめに答えるべきか、憤るべきか、伏原にはわからない。

とりあえず吉岡が何気ないふりをしてどこかしら緊張している様子なのがわかったので、相手を殴ったりしないでおこうと決める。

「したことないから知らない」

「……さっき彼女が自分の『中』に入ってきた時、滅茶苦茶気持ちよかったんだけど——」

吉岡の掌が剝き出しの胸に触れ、伏原は小さく体を揺らした。

「毎回あんな感じ？」

「……毎回っていうか……相手による……？」

吉岡は終始真面目な顔をしているので、伏原も極力真剣な顔で考え込んだ。

「変に触ってくるのもいたし、何もしてこないのもいたから。最終的に心中する時は、あんたも体験しただろうけど、剝き出しの心臓摑まれたみたいな痛みと怖さと気持ちよさがごっちゃになったみたいなすごい感じで……」

　脳イキ、という下世話な言葉を下世話なWebサイトで見たことがあるが、そういう感じなのではと伏原は密《ひそ》かに思っていた。それを吉岡に言ってみるかどうか迷って、すぐにやめる。吉岡の顔がすでに真面目というより、相当険しくなっていたからだ。

「そ、それは多かれ少なかれあるとして、それ以上のことをしてこようっていうのは、あんまりいなかった気がする。気持ちよくなった後に寄り添って抱き締めてあげれば満たされてくれたり、そもそも何かしてこられるほど力とか形とかがなかったりっていう方が、割合としては多くて」

「ふーん。じゃあそもそも、『寝る』過程自体がいらなかったのか、それとも伏原君がそこまで身を投げ出したからこそ素直に上がる気分になったのか――まあいいや、どっちでも。今は」

　自分から訊ねてきたくせに、吉岡はそれ以上聞きたくないとでもいうように、またキスで伏原の唇を塞いできた。胸に触れた掌が、そのまま肌を探る。

　胸の辺りを撫でられ、脇腹にも触れられて、伏原はそのたび小さく体をびくつかせた。吉岡はただ触れているだけなのに、変に反応してしまう。

　吉岡の手は段々下がってきて、伏原のズボンのボタンに指がかかった。面倒なのでベルトもしていなかったせいで、あまりにも呆気《あっけ》なくズボンを取り去られてしまい、もう下着一枚になってしまった。

「あの、自分で脱ぐけど」

これ以上されるままなのは、どうも据わりが悪い。だが吉岡は伏原の言葉を無視して、キスを繰り返しながら、下着の上からかすかな膨らみにも触れてくる。

「ぁ……」

触れれば、もうとっくにそこが昂《たか》ぶっていることが吉岡にもわかってしまう。だから伏原は、自分で脱いでしまいたかったのに。

吉岡の方はどうなのかと手を伸ばそうとしたら、やんわりした動きで手首を摑まれ、阻まれた。

「怪我人は大人しくしてて」

これまでずっと受け身で来たせいで、こういう時にどうするべきかもわからず、伏原には吉岡に従うしかない。

(まあ人間相手には初めてだって知られてるんだから、いいか)

取り繕ったところで仕方がないと、伏原は腹を括った。

下着越しにやわやわと優しい動きでそこを摩《さす》られ、それでもあまり変な声を漏らしたくなくて、堪《こら》えはしたが。

「ん……」

吉岡の手が、次には下着の中に入り込んで来て、直接伏原の性器に触れた。

すでに少しずつ先走りが零れていることも、これで知られてしまっただろう。

「……あ、あんまり……そんなに、したいとか、思ったことはないんだけど」

あっという間に張り詰めた場所に触れられ、好き者のように思われるのも辛い気がして言い訳したつもりが、余計恥ずかしことを口走った感じになった気がする。

「別に、気持ちよくなりたくて心中してきたわけじゃないし……」

「すごい、臓腑を抉《えぐ》るような弁解をするね伏原君」

「えっ」

「ここ、触られたりもした？」

下着の中から、勃《た》ち上がった性器を抜き出される。緩く上下に擦られて、伏原は首を捻った。

「それじゃわかんないよ」

「だ、だから、こういうふうに直接触られるのとも、違う感じだったから……ぁッ」

強く先端を擦られ、伏原はたまらず短い声を上げると、吉岡の方に縋った。吉岡の首筋に頬を寄せたら、今度はうなじに唇をつけられた。

「んっ、ぁ……、あ……」

熱の宿った人の手に触れられる刺激は、伏原の予想外に強い。これまでは氷のように冷たい手に弄《もてあそ》ばれる感覚しか知らなかったのだ。

「待っ……、……んん」

あっさり達しそうになって、伏原は慌てて吉岡の手を押さえた。さすがに早すぎる。——多分、これ以上の行為があるのに。

伏原に利き腕を取られた吉岡は、反対の手でも、器用に肌に触れてきた。背中や首筋を撫でる仕種がやたら官能的で、伏原はまた震えが止められない。

触られるだけでこの有様では、この先吉岡の前でどんな顔をして過ごしたらいいのか、伏原は少し途方に暮れてくる。

（興奮しすぎだ……）

吉岡は遠慮無く、伏原の体のあちこちを撫で、唇を押し当ててきた。胸の先に音を立ててキスされて、上擦った声が止められなかった。その声をさらに引き出そうとするかのように、吉岡が固くなり始めた伏原の乳首を唇に含み、吸い上げたり、舌でつついたり、軽く歯を立てたりしてくる。

「……ぁ……」

くすぐったいのか気持ちいいのかわからない感覚から逃れたくて体を反らすうち、伏原はいつの間にかベッドに仰向けに横たわる恰好になっていた。吉岡が伏原の体の横に手をつき、上から見下ろしている。

それを見上げ、伏原は少しだけ目を閉じた。

ここにいるのは吉岡で——これからするのは、ただ気持ちいい、愛情を確かめるだけの行為だ。

「伏原君？」

微《かす》かに心配そうな声で吉岡が呼びかけてくる。頬に触れてきたその掌を、伏原は上からそっと押さえた。

『真希《まさき》』

「ん？」

「……名前で呼んでくれた方が嬉しい。今は」

呼ぶなと自分から拒んだくせにそうねだる伏原に返ってきたのは、吉岡の嬉しそうな溜息だった。

「真希」

「……うん」

あの人とも、他の誰とも違う声。

吉岡の自分を呼ぶ声が、あまりに愛《いと》しげだったものだから、伏原は目を閉じたまま泣いてしまった。

（——やっと。少し、忘れられそうな気がする）

ずっとこびりついていたあの時の情景を。母親の悲痛な声を。与えられた苦しみを——始末に負えない恍惚を。

あれが愛情だったなんて勘違いを、それを拒んでしまった罪悪感から、もう解放されてもいいのかもしれない。

「こういうのが、愛してるってこと？」

瞼を開いて、泣き笑いの顔で伏原は吉岡に訊ねる。

「……だね。僕はそうだと思うから、今君を抱こうとしてるけど」

「だったら、たくさん気持ちよくしてほしい」

全部吉岡で塗り替えてほしくてそう言うと、なぜかぐっと息を詰まらせたような音が聞こえた。

涙でぼやけた目を凝らしてみたら、吉岡が眉間に皺を寄せ、微かに目許を赤くして伏原を見下ろしていた。

「吉岡？」

「……こう、自分の色香を自覚してない人っていうのは、こうも凶悪なものかねと……」

「何言ってんの？」

「僕のことも名前で呼んでみない？」

「……何だっけ？」

「吉岡拓人《たくと》と申します」

「……拓人？」

　ぐっと、吉岡がまた喉を詰まらせている。

「いや最高だな。僕は自分の名前が拓人でよかったと今人生で初めて思った」

「だから、何言ってるんだよ」

　吉岡が何をやたらと感動しているのかわからず、伏原は思わず笑ってしまった。

「本当あんた、変わった人だよな」

「真希のことが好きなだけだよ、最初からずっと」

　挙動不審をからかうつもりで言ったのに、予想外に真面目に返されて、今度は伏原が言葉に詰まった。

　それで形勢逆転とでも見たように、吉岡が伏原の首筋に顔を埋める。首筋を吸われ、舌で辿られ、伏原はじっとしていられずにやたらとベッドの上で身動いでしまう。

　吉岡は伏原の体中余すところなく触れようとでもしているように、丁寧な、執拗《しつよう》な仕種であちこち暴いた。臍《へそ》の上や腰骨まで唇をつけられ、そんなところに接吻けられ、そんなことで自分が甘ったるい声を漏らすことに驚かされる。

　なのに吉岡はもう物欲しそうに止めどなく先走りを零している性器には触れてはくれず、伏原は次第に焦《じ》れったくなってきた。

　だから足に指をかけられた時は、ようやくまたそこを触ってくれるのだろうと期待したのに。

吉岡に足を持ち上げられ、大きく開かされて、伏原はこれ以上はないというくらい狼狽《ろうばい》した。そういうことをしないわけがないとわかっていても、吉岡の前に何もかも曝《さら》け出すような恰好を取らされたことに言葉を失う。

どっと、頭の方に血が上ってくる感じがした。

「……っ」

とても吉岡を見ていられず、伏原は固く目を閉じて顔を逸らす。

吉岡の指が、触れてほしかった場所よりも下、下肢の中心にある窄《すぼ》まりに触れた。

ぎゅっと瞼を閉じていた伏原の耳に、少し品のない、粘着質な音が小さく聞こえた。目を開けるのも怖くてそのままぐったり横たわっていたら、何か冷たく濡れたものが、窄まりの辺りに触れる。

「……っ……」

「ごめん、まだ冷たいか」

ローションとか、その類。前にホテルに泊まった時、そういったものが置かれていたのを見たことがあるし、この部屋でもちらっと視界に入りはした。

「指、入れるね」

いちいち宣言しなくていい、と言おうとして、伏原はただ息を呑んだ。ローションの滑りを借りて、吉岡の指がぬるりと中に潜り込んできた。

誰かと『寝る』時、そこを使おうとするモノがいなかったわけではない。しかし相手は実体のない存在で、ただ荒い息が耳許で聞こえたり、尻や背中に何かを擦りつけられる感じがするだけで終わるばかりだった。

だから、実際に触れられることが、こんなにも強烈な感覚だなんて想像もできなかった。

「辛い？」

訊ねられて、それでも伏原は首を振る。辛いわけではない。ただ、指を中に押し込まれるたび、その指の先に当たる場所に違和感があって、何だか怖い。

吉岡の指は、何かを探すように伏原の中で蠢《うごめ》き、浅い場所を軽く擦られた時、伏原は固く身を強張らせた。

「ん……ッ……」

内腿《うちもも》が引き攣《つ》るように震える。腹の底から急激に迫《せ》り上がってきた感覚に驚いて、伏原は思わず身を捩って逃げようとするのに、吉岡に腿を押さえつけられた。反対の手が、伏原の中の同じ場所を繰り返し刺激してくる。

「……あっ、ぁ……ッ、や、そこ、嫌だ」

気持ちよくしてほしい、と自分から言ったのに、強い快楽に惑乱して、伏原はただ首を振ることしかできない。

「ここが、気持ちいい？」

わざわざ口に出して確認するのだから、吉岡という男は底意地が悪い。

睨みつけてやろうと涙目で瞼を開いたけれど、相手の目が喰い入るように自分をみつめているのを見て、腹立ちはそのまま快楽にスライドしてしまった。

吉岡はさらにローションをつぎ足しながら、吉岡の中を濡らしている。

指が動くたび、ぐちゅぐちゅと耐えがたく淫らな音がして、その響きに伏原は脳が痺れるような感覚を味わわされる。

「いい、って言って。心中なんかより、僕とこうしてる方がずっと嬉しいって」

「……っれしいよ、バカ……！」

見てればわかるだろうに、言わせようとするのがまた腹立たしい。

本当に苦手だこんなやつ、と思いながら、伏原はそれでもただ吉岡に身を預け続ける。

（こんなに頭も体もぐちゃぐちゃにしてくるの、あんただけだよ）

それを『苦手』と表現することしかできなかった自分の幼さに、伏原は笑う。

「真希？」

顔を歪めて笑った伏原を見て、吉岡が小さく首を傾《かし》げる。不思議そうにしながら指の動きは止めないのだから、ほんとにこいつは、と思って伏原は小さく身震いした。

「他の誰より、あんたとしてるのが気持ちいい」

いつまでも駄々っ子みたいに反撥し続けているのも余計に恥ずかしい。

だったらもっと素直に全部曝け出してしまおうと、伏原は腹を括る。

「愛されてるって、わかるよ」

精一杯伝えたつもりなのに、なぜか吉岡が、伏原の胸の上に倒れた。

「何……」

「もっとこう、時間をかけてねちこくわからせてやろうと、悲愴《ひそう》な覚悟だったわけ」

「……うん……？」

「気が長いとか法螺《ほら》を吹いたのは撤回します、ごめんね」

何を謝られたのか伏原にはわからないくらい、丁寧に、執拗に中を解《ほぐ》した吉岡の指が抜き去られる。

吉岡が自分のベルトを外し、ズボンの前を開いて、下着の中から昂ぶったものを取り出す一連の動きを、伏原は何だか目を反らせずにみつめてしまった。何だかたまらなくいやらしい眺めだった。

吉岡が、そんな伏原の唇にまたキスを落とした。いつの間にか手許にあったコンドームを、器用に装着している。慣れたもんだな、と思ったら伏原はちょっと胸が痛んだ。

多分、生きてる人間とできるかなどと訊ねた時の吉岡と今の自分は、同じような表情をしているだろう。

（じゃあ、おあいこか）

目の前にいる吉岡のことだけを考えていようと決めて、大人しく、腰を抱え上げられる。

吉岡の昂ぶったものが、濡らされた自分の窄まりに当てられる様子も、伏原は目を逸らせずに眺めてしまった。

「……、……っぁ……」

ゆっくりと体の中に潜り込んでくるものは、見た目以上の質量を感じさせた。内側から体を開かれる感じに、伏原は思わず顔を歪める。苦しい。苦しいのに気持ちいい。

それは氷のように冷たい指先で胸の中を暴かれるようなあの行為とはまったく違う、もっと生々しくて、辛くて、幸せな悦楽だった。

「真希」

名前を呼んでほしい、と思ったタイミングで望んだものが与えられ、伏原は勝手に零れる涙を持て余しながら吉岡を見上げて笑った。

「平気?」

これを平気と受け流せるなら、他の何に心を揺らせるというのだろうと思いながら、伏原は小さく頷く。

吉岡の熱が体の奥まで潜り込み、繋《つな》がった場所から脈打つように融けていきそうで、少し怖くなった。

「拓人」

涙声で名前を呼んだら、吉岡はまたすぐに伏原が望んだ通り、唇にキスをくれた。考えていることを読まれているのではと疑ってしまう。だった今伏原がどれだけ辛くて気持ちよくて幸せなのかも、わかってしまうだろう。

深く接吻けを交わしたまま、体の中で吉岡が小さく動いた。

「んん」

まだそうされることが直接の快楽には繋がらず、だが放っておかれた性器を撫でられ、伏原は大きく体を震わせた。

吉岡はゆっくりと腰を使っている。中を擦られ、昂ぶったものをゆるゆると弄ばれて、伏原はどうしても中にいる吉岡を締めつけてしまう。何だか貪欲に欲しがっているようで恥ずかしかった。

(でも、早く、こうすればよかった)

自分を気遣う吉岡の、それでも快楽を堪えきれないように寄せられた眉とか。小さく漏れる吐息とか、体を強引に押し広げようとする固さとか、吉岡を感じられるものすべての前で、これまで伏原を縛ってきた感情すべてが押し流されていく。

意地なんか張るもんじゃなかった。

少しずつ速くなる吉岡の動きに翻弄されて、繰り返し短い声を漏らしながら、伏原は泣き笑いに顔を歪める。

「――真希？」

また問うように見下ろす吉岡に向けて、伏原は小さく頷いた。

「好き」

嬉しい、気持ちいいはずの言葉なのに、口にするたびに泣けてくる理由はよくわからない。

「……愛してる」

そういえば言ってなかったかも、と伏原がそう続けたら、吉岡もこれ以上ないというくらい嬉しそうに笑ってくれたから、本当に、全部もっと早くこうすればよかったと伏原はまた思う。

「んんっ」

ただ幸せな気持ちにばかり身を浸していたら、吉岡の動きがもう少し強くなった。指で擦られた場所と同じ場所を突かれて、伏原は身を固くする。腰が震えて浮き上がりそうになるのを、必死に抑えようとするのに、吉岡が同じ動きを繰り返すから、我慢できずにベッドの上で背を反らしてしまう。

「あ……、ぁ、く……ッ」

張り詰めきった性器を根元から揺さぶるように強く擦られ、体の芯から迫り上がってくる快楽をやり過ごすこともできずに、伏原は息を詰めて吉岡の手の中で達した。

伏原の腰を強く摑み、数度身を打ちつけたあと、吉岡も小さく胴震いする。

「……ん……」

自分の中に射精した吉岡の顔を、伏原はぐったりとベッドに身を預けながら見上げた。

(人と寝るって、こういう感じか……)

荒い息をついたまま、伏原は自分の上に覆い被さってくる吉岡の背を片腕で抱き締めた。

「……くそ、全然余裕ないなあ……」

吉岡の独り言が聞こえておもしろかった。吉岡のどこに余裕がなかったのか、比べるもののない伏原にはわからない。

「気持ちよかった」

だから素直な感想だけ述べてみたら、吉岡に痛いくらい抱き締められる。

「なら、よかった」

ほっとしたような吉岡の背を抱きながら、伏原は目を閉じる。

——その日から、伏原は悪夢を見ることも、起きた時に落胆することも、滅多になくなった。

エピローグ

吉岡はとうとう何の遠慮をする気もなくしたようで、伏原の事務所の物置部屋に、勝手に新しいベッドが運び込まれた。

「いつまでもソファで寝てるのもよくないだろ。そのうち腰をやるぞ、腰を痛めたら最悪だぞ」

「だからってどうしてこんなバカでかいベッドを買うんだよ。シングルでいいのに」

吉岡の頼んだ配送業者がてきぱきと組み立てを終え、部屋のほとんどをドンと占めているのがダブルベッドであるのを見て、伏原は呆れた。人の家に無断で持ち込むサイズではない。

「シングルじゃ二人並んで寝るのに狭いだろ？」

何をわかりきったことを、という調子で言われても困る。

「一緒に寝る前提かよ……」

「一人で寝たい？」

こういう訊《き》き方をしてくるのが、吉岡の腹の立つ辺りだ。

「あんた、うちに棲《す》み着く気じゃないだろうな」

「住居にしては狭いからなあ、ここ。ウチの書斎をこっちに持ってきて、空いたところを真希の部屋にしよう」

真面目な顔で思案して、吉岡は一人で頷いている。

「しよう、って、何を勝手に決めてるんだ」

「真希は僕の囲われ者になるのは嫌なんだろ。だから事務所と住居をそれぞれシェアすれば同等かなと」

つまり暮らしは吉岡の住むマンションで、仕事の諸々《もろもろ》はこの伏原の事務所でやろうという話をしているらしい。

「商品を保管する倉庫は別で借りてるし。書類仕事とか、調べ物なんかをここでするようにして。で、真希の依頼の対応も僕がやってあげるから。あと掃除とか食事の支度とか」

どんどん進む話を一旦止めようとしたが、最後の方の言葉を聞いて、伏原は思わず黙り込んだ。

「真希にもメリットがあるだろう?」

「メリットがっていうか……メリットしかないだろ、それじゃ……あんたの負担が大きすぎる」

「いや僕のメリットは君に自分の目の届く範囲で無事に生きていてもらえることだから。あと掃除だの何だのは真希にとってはとんでもない苦行かもしれないけど、僕にとっては息抜きとか気分転換に片手間でできることだし。それでも気が咎《とが》めるようなら、こっちで業者の手配をするからそこの代金はまあ折半しようか」

伏原の反応などすべて見透していたというように、吉岡がどんどん話をまとめてしまう。

それでも簡単に頷けず、伏原は小さく目を伏せた。

「……というか……そもそも俺はもう、この仕事でろくに使い物にならないし、続けられないかもしれないいんだぞ」

「何で？」

不思議そうに問い返す吉岡に、伏原は少し傷ついた。

「心中屋なんて、できるはずない。……あんたがいるのに」

それとも、気にせず続けろと吉岡は言うのだろうか。生きてほしいと自分に望んでくれていたはずなのに。

「そりゃあ、心中屋の二つ名は返上しないとだけどさ。そんなことしなくても、真希はやってけるんだから」

どうやらこれからも心中を続けろということではないらしく、伏原はひとまず安堵《あんど》はした。

しかし何を根拠にやっていけると吉岡が言うのかわからず、眉を顰めてしまう。

「適当なこと言うなよ」

「適当なわけないだろ。君の除霊の仕方って、結局心中どうこうっていうより、相手を説得して、心を満たしてあげて、未練を断ち切るっていう、拝み屋としてはものすごくオーソドックスなやり方じゃない？」

「そうか……？　でも一緒に死ぬって他に、俺にはやれることもやっぱりないような」

「じゃあ小学校の一件で、子供たちがあんなに嬉しそうに上っていったのは何でだと思ってる？」

「……ああ……そうか……」

叶子《かなこ》たちの例を出されて、伏原はようやく腑に落ちた。

「このあいだのマンションの件でもさ。あれってむしろ、心中なんかよりもよっぽど安全かつ低コストで除霊ができる方法を会得できたってことだと思ってたんだけど」

「……なるほど」

それも、言われてみればそうなのかもしれない。

身を投げ出すように一緒に死のうとするのではなく、伏原にはまだ実体が摑めてはいないが『加護』らしきものの力を借りて、相手を優しく包んであげれば。

そうすることで、彼女も笑いながら消えていったのだから。

「あれはあれで、傍《はた》で見てると腹立つもんではあるんだけどー……」

ブツブツとひとりごとを言ったあと、吉岡が再び伏原を見た。

「だからいっそ、今後は常に僕と真希が一緒に現場に出れば手っ取り早いと思うんだよね」

「え？」

「真希のやり方で通じるのは、人の霊魂が相手の時だけだろ？　だからその方法じゃ通じないこともあるかもしれないし、そういう時に何でもぶっ壊せる僕がいたら安心かなと。僕も盗んだり壊したりするだけじゃ解決できない場合に、真希に頼りたいし」

「……うーん……」

本当は迷う理由もないのに、伏原はつい勿体《もったい》ぶって考え込む素振りをしてしまう。あっさり飛びつくのが、何だか照れ臭かったのだ。

「まあお互い、その方が楽だっていうのなら」

「よし！」

吉岡の方は隠すこともなく嬉しそうな顔をするので、伏原は変に照れ隠しをした自分が、余計に恥ずかしくなってくる。

「じゃあ心中屋と死神のコンビ結成記念と、あと真希の快気祝いに、今日は何かうまいものでも食べに行こうか」

「いや、だからその名前は返上だって」

「多分あんまりにも通りがいいから、今後も真希はそう呼ばれ続ける気がするんだよね」

それはたしかに、伏原も同じように思いはするが。

「僕も前回、前々回と死人は出してないのに、呼び名を変えてもらえる気もしないし。マンションの住人なんかもう回復してるっていうのにさ」

「死人なんか、一回出ればもう充分異常だろ」

「わかりやすくていいと思うんだけどな」

「……何でも心中で解決しようとする男と何でも死んで終わる男って、絶対頼みごとしたくない二人組すぎないか……」

げんなりして伏原が言うと、「それもそうだ、最悪だ」と吉岡が笑う。

全然笑い事ではない気がするのに、段々伏原もおかしくなってきて、結局一緒になって笑い転げてしまった。

あとがき

エロとオカルトには親和性があると常々思っているんですが、怖すぎてもエロに集中できないかなと思い、霊っぽいものは出るけど少し不思議くらいの塩梅《あんばい》でやりたい感じです。という「死神と心中屋」です。お手に取っていただきありがとうございます。

ネタをメモする時に、ファイルにはわかりやすく「〇〇の話」のようなタイトルをつけていて、今回はその時つけたままのものが作品のタイトルになりました。毎度毎度タイトルには困りすぎていっそもう一本文庫分を書いた方が楽ではというくらい苦しむので、とても助かりました。あと割と気に入っています。

多分先に「心中屋」の方を思いついて伏原のキャラクターも生まれ、設定上明るいいい人にはなりようもなくこんな感じです。「死神」の方はもうちょっと頑丈な俺様体育会系ゴリラのつもりだったのが、伏原との兼ね合いもあるし多少柔らかくしたいなあ…と思って最終的に今の吉岡になりました。でも若干言動が柔らかくなっただけでパワータイプには変わらないので、あれだ、優雅なゴリラだ。当初は「みんな死ぬ局面でも吉岡だけが生き残る」という設定だけあって、途中から「何でも壊す」が加わり、最終形態で「玄翁《げんのう》で何でも殴り壊す」になったので、腕力で解決する度合いは優雅な見て呉れと比例して強くなっていった気もします。

どちらも何をどうやっても死なないコンビなので、今後ともろくでもない幽霊や怪奇現象に遭遇しては、わいわい解決していってほしいです。ラッキースケベなども交えつつ。そういえばプロットには「ラッキースケベを交えつつ」って書いてあったのに特に交えられなかったのが若干無念です。一番大事なところだったのでは…⁉

死にたがりの心中屋も壊して解決の死神も、兼守《かねもり》先生のイラストのおかげで大変素敵なものになりました。人様に自分の作品の装画挿画を描いていただくたび、イラストの力ってすごいとひれ伏しながら拝んでおります。伏原も吉岡もたいへんな色気ですね…！　嬉《うれ》しくて何度も眺めています、ありがとうございます。ありがとうございます。

好きなものを好き勝手に詰めた本ですが、読んでくださった方にも多少なりともお楽しみいただけると幸いです。ご感想お待ちしております。

それではまた、別のところでもお会いできますように！

渡海《わたるみ》　奈穂《なほ》

この本を読んでのご意見、ご感想を編集部までお寄せください。

《あて先》〒141－8202　東京都品川区上大崎3－1－1　徳間書店　キャラ編集部気付
「死神と心中屋」係

【読者アンケートフォーム】

QRコードより作品の感想・アンケートをお送り頂けます。

Chara公式サイト http://www.chara-info.net/

■初出一覧

死神と心中屋……【キャラ文庫】

2023年4月30日 初刷

著者 渡海奈穂
発行者 松下俊也
発行所 株式会社徳間書店
〒141-8202 東京都品川区上大崎3-1-1
電話 049-293-5521（販売部）
03-5403-4348（編集部）
振替 00140-0-44392

印刷・製本 図書印刷株式会社
カバー・口絵 近代美術株式会社
デザイン Asanomi Graphic

ISBN978-4-19-901097-2

渡海奈穂の本

好評発売中

［山神さまのお世話係］

イラスト✦小椋ムク

丈の短い白い着物を身に纏い、大泣きすれば嵐が吹き荒れる——迷子だと思って声をかけた子供は、なんと山神様だった⁉　田舎町に引っ越して早々、晄太《こうた》に懐かれてしまった秋《あき》。そこへ現れたのは、山守《やまもり》の一族の青年・勇吹《いぶき》。「余所者には晄太様の姿が見えないはずなのに一体なぜ？」不本意そうな勇吹をよそに、晄太は秋から離れようとしない。仕方なく連れ帰り、勇吹と一緒に面倒を見ることに⁉

渡海奈穂の本

好評発売中

「憑き物ごと愛してよ」

イラスト✦ミドリノエバ

僕の身体に巣喰う、強大な憑き物を祓ってほしい――18歳になったら憑き物の花嫁として孕まされ、殺される運命を背負う温《ゆたか》。並みの術師では太刀打ちできず、一縷の望みで最後に縋ったのは、最強の憑き物落とし・陸海《くがみ》。「たとえ1億積まれても、俺は助けない」冷たく拒絶する陸海の元に、諦めず通い詰める日々。ついに根負けした陸海は、「このままじゃ寝覚めが悪い」と渋々引き受けてくれて!?

渡海奈穂の本

好評発売中

「御曹司は獣の王子に溺れる」

イラスト✦夏河シオリ

次期社長候補の御曹司が、事故で異世界に飛ばされた!!　しかも身元不明で拘束されてしまった!?　遠藤《えんどう》が送り込まれた先は、山奥に佇む廃墟のような城――そこに棲むのは、呪いで獣の姿にされたバスティアン王子だった!!　恐怖より先に白虎の美しさに心を奪われた遠藤は、側仕えを志願してしまう。「お前は私が恐ろしくないのか?」父王に疎まれ人間不信の王子は、遠藤になかなか心を開かず!?

渡海奈穂の本

好評発売中

「僕の中の声を殺して」

イラスト✦笠井あゆみ

人に寄生して体を乗っ取る謎の生命体が出現!!　しかも、言語を発するらしい!?　捕獲を試みる市役所職員・幟屋《のぼりや》が協力を依頼したのは、引きこもりの青年・宮澤《みやざわ》。動植物の言葉がわかる能力を持つ男だ。こんなに煩いのに、なぜ皆にはこの声が聞こえないの…？　虚言癖を疑われて人間不信に陥っていた彼は、13年間一歩も外に出たことがない。怯える宮澤を、幟屋は必死に口説くけれど!?

渡海奈穂の本

好評発売中

[河童の恋物語]

イラスト✦北沢きょう

うちのクラスには河童がいるから、絶対に怒らせるな——。田舎に引っ越してきた高校二年生の啓志《けいし》は、転校初日から呆然!! 頭に皿もないし、水浴びが好きだからって太郎《たろう》が河童なんて信じられるか!! けれど、怒らせると雨が降るからと遠巻きにされ孤立している太郎のことがなぜか放っておけない。「おれがこわくないのか?」不思議そうに、どこか嬉しそうに懐いてくる姿が可愛く思えてしまい!?